少年读三国

周瑜

王希华 编著

全国百佳图书出版单位
吉林出版集团股份有限公司

图书在版编目（CIP）数据

少年读三国.周瑜 / 王希华编著. -- 长春 : 吉林
出版集团股份有限公司, 2019.4 （2023.4重印）
ISBN 978-7-5581-6399-9

Ⅰ.①少… Ⅱ.①王… Ⅲ.①历史故事—作品集—中
国—当代 Ⅳ.①I247.81

中国版本图书馆CIP数据核字(2018)第299769号

SHAONIAN DU SANGUO ZHOUYU

少年读三国·周瑜

编　　著：王希华
责任编辑：欧阳鹏
技术编辑：王会莲
封面设计：汉字风
开　　本：710mm×1000mm　　1/16
字　　数：95千字
印　　张：8
版　　次：2019年4月第1版
印　　次：2023年4月第2次印刷

出　　版：吉林出版集团股份有限公司
发　　行：吉林出版集团外语教育有限公司
地　　址：长春市福祉大路与生态大街交汇龙腾国际大厦B座7层
电　　话：总编办：0431-81629929
　　　　　　发行部：0431-81629927　　0431-81629921（Fax）
网　　址：www.360hours.com
印　　刷：三河市同力彩印有限公司

ISBN 978-7-5581-6399-9　　　　定　价：39.80元

少必读《三国》

少不读《水浒》——血气方刚，戒之在斗。

老不读《三国》——饱经世故，老奸巨猾。

喔，那么少年时期该读什么？

少必读《三国》！

少必读《三国》，能获得深沉的历史感。透过历史，我们可以窥见王朝的兴衰更迭，征讨血战；可以知晓历史事件的波诡云谲，风云际会；可以仰慕历史人物的音容笑貌、风采神韵。历史，让我们和古人"握手"，给我们变幻莫测的人生以种种启迪。在历史的长河里，我们能判断现在的位置，明白我们发展的方向。有历史感的人，在行事上常常会胜人一筹，因为古人已为他们提供了足够的经验。

少必读《三国》，能学习古人的处世方式。现在，我们正值青春年少，活动的范围早已不仅仅局限在家庭和学校中，一个更广阔的社会出现在我们面前。从此，在社会中，我们将独立面对形形色色的人和事。从《三国》中，我们可以习得古人的处世之术。例如刘备，论文韬武略皆不如曹操、孙权，但他却善于知人、察人、用人，他对关、张用桃园结义之法，对孔明则三顾茅庐，对投奔他的赵云和归顺的黄忠大加重用……也正是"五虎上将"的拥戴，才使他称雄一方成了可能。试想，他若摆出主公的骄横霸道，还会受到部下的衷心拥护吗？

少必读《三国》，可以研习古人的谋略。"凡事谋在先"，在《三国》中，大到对天下大事的分析，小到对一场战事的周密安排，无不反映出一千八百多年前古人的智慧。在赤壁之战中，没有周瑜的频施妙计，就不会有火烧曹军的辉煌战果；诸葛亮指挥的战役常能"决胜千里之外"，实际上也是他"运筹帷幄之中"的结果。《三国》中的谋略博大精深，我们可以从中获得智力启迪。善于运用这些谋略，对不同的人和事采取不同的方法，我们一定能化解许多人生困境。

少必读《三国》，最重要的是能培养精神气质。在这些气质中，有经国济世的豪情，有临危不乱的镇定，有安贫乐道的操守，当然还有风流倜傥的潇洒。想想孙权，他刚掌权时只有十八岁，面对父兄创下的基业，他善用旧臣，巩固了政权；面对曹兵压境的危势，他果敢决策，击退了强敌。再联想现在的我们，是不是常有些心智稚弱、做事莽撞，缺乏从容的气度呢？阅读《三国》，可以让我们成为光明磊落的君子，而不是心怀叵测的小人。一部三国征战史也就是一部人才的斗智史，在《三国》中，有各种各样的人，有的貌似强大却"羊质而虎皮"，有的貌不惊人却有济世之才，有的内含机谋却不动声色，有的胸无点墨却自作聪明……对照他们，反观自己，可以判断自己有哪些特质，可以知道怎样来充实自己……

所以，我们在少年时期一定要读一读《三国》。但是，应当怎么样读呢？《三国》虽然在当时被认为"言不甚深，语不甚俗"，但我们现在来读已经颇为吃力了。再加上《三国》中人物众多，关系复杂，我们常会看得一头雾水。遍寻大小书店，各种版本的《三国》虽然不计其数，但真正适合少年阅读的《三国》却难以觅得了。因此，这套《少年读三国》就是专门写给青春年少的你，我们希望你能从中获得新鲜的阅读经验。

在《少年读三国》中，我们以新的编辑角度切入。《三国演义》中的人物成百上千，这套书仅选取了刘备、关羽、张飞、诸葛亮、曹操、司马懿、孙权、周瑜八人，不仅是因为这八人在历史中"戏份"较多，而且还在于他们性格迥异，形象丰满。我们企望以人物为主线来勾勒三国的历史全貌，让读者对人物的丰功伟业也能有更全面的了解。在编辑时，我们注重设置"历史场景"，回溯时光，把人物重新推回历史舞台之中，推到事件的紧要关头前，来看看他们是怎样周详安排、从容调度、化解危机的。或许你玩过"角色扮演"的电玩游戏，那么我们希望你在阅读这套书时，把自己想象成书中的主人公，想想自己在彼时彼景中，会怎样处理这一切事情。亦读亦思，从更深的层次来体验古人的精神生命，是我们编辑的用心。

在编排人物故事时，我们力避重复。但是，一个重大的历史事件常常会同时涉及这八个人物，为了交代事件的前因后果，不得已会重复某些片段。从另一个方面讲，分别以不同人物的眼光来看待同一个历史事件，是非功过皆在其中，也是别有一番趣味的。

在人物故事内容上，我们以《三国演义》为蓝本，还采信了《三国志》中的诸种说法，在文学与历史间做了微妙的平衡，既使人物故事起伏跌宕，又力求历史事件完整真实。

少必读《三国》，在《少年读三国》里，我们将有一次愉悦的纸上"电玩游戏"，一次深沉的历史"时光之旅"……

人物简介——周瑜

周瑜的一生，有两件最值得骄傲的事：一件是娶到了国色天香的小乔，一件是取得赤壁之战的胜利。

娶到小乔，在于周瑜的儒雅风流。年轻时的周瑜，"资质风流，仪容秀丽"，同时还精通音乐，传说他即使在酒过三巡之后，听到谁弹错了曲子，也能知道并会回头观望，因此当时就有"曲有误，周郎顾"的歌谣，难怪他会赢得小乔的爱慕。

周瑜不但具有温柔男子的柔性，还具有血性男子的刚性。当曹军大兵压境，内部"主战派"和"主和派"的争论相持不下时，周瑜为了让江东父老免受亡国之痛，他拍案而起，决不以投降换和平，最终帮孙权坚定了抗曹的决心。可见，周瑜是一位有胆有识的男子汉，并非《三国演义》中描写的气量狭小之辈。

光有胆有识是无法指挥大战的，周瑜的过人之处还在于他有智有谋。试想曹军压境之时，上有吴主孙权的重托，下有江东父老的希望，可以说东吴的安危系于周瑜一身。如何同兵力数十倍于自己的曹军抗衡，是作为统帅的周瑜日思夜想的大事。于是，他指挥若定，屡施妙计：群英会上佯醉骗蒋干，是谓"反间计";三军帐中痛打黄盖,是谓"苦肉计";曹军营里庞统献策,是谓"连环计"。这当中还有诸葛亮草船借箭、阚泽下诈降书、诸葛亮借东风等诸多计谋,这些计谋环环相扣,缺一不可,每一步都为赤壁之战的胜利奠定了基础。可见,周瑜的作战指挥才能同其艺术才华一样,是名盖于世的。

在《三国演义》中,作者为了突出诸葛亮的神机妙算,有意无意地削弱了周瑜在赤壁之战中的功劳,并设计了诸葛亮三气周瑜的故事,以显现周瑜的心胸狭窄,这是不符合历史事实的。作为历史上叱咤风云的英雄,周瑜的风流倜傥获得了后人的景仰,苏东坡在那首著名的《念奴娇·赤壁怀古》中写道:"遥想公瑾当年,小乔初嫁了。雄姿英发,羽扇纶巾,谈笑间,樯橹灰飞烟灭。"宋人的赞美,或许才是周瑜精神气质的真实写照。

主要人物表

周瑜

175～210
出生地：庐江郡舒县
职　位：建威中郎将→
　　　　偏将军
所　属：吴

字公瑾，是风流儒雅的东吴大都督。他连施妙计，取得了赤壁之战的胜利。

孙权

182～252
出生地：吴郡富春县
职　位：讨虏将军→大将
　　　　军→吴王
所　属：吴

字仲谋，吴主。知人善任，果敢刚毅，最终成就江东的霸业。

鲁肃

172～217
出生地：临淮郡东城县
职　位：东城县长→赞军
　　　　校尉→横江将军
所　属：袁术→吴

字子敬，他坦率敦厚，颇有长者之风，是联系蜀、吴联合抗曹的中间人。他继周瑜之后，任大都督，为「东吴四杰」之一。

孙策

字伯符，孙权之兄，勇猛仁德，善于冲锋陷阵，初建了江东的基业。

175 ~ 200
出生地：吴郡富春县
职　位：怀义校尉→折冲校尉→讨逆将军
所　属：袁术→吴

太史慈

字子义，东吴大将。先为刘繇部将，后来归顺东吴。英武，身材伟岸，武艺精纯。他相貌擅弓术，威猛过人。

166 ~ 206
出生地：东莱郡黄县
职　位：奏曹史→建昌都尉
所　属：刘繇→吴

程普

字德谋，东吴副都督，跟随孙策、孙权南征北战，战功赫赫。

? ~ 215
出生地：右北平郡土垠县
职　位：江夏太守→荡寇将军
所　属：吴

黄盖

字公覆，东吴老将。他献上『苦肉计』，假意归曹，为赤壁之战的胜利奠定了基础。

? ~ 215
出生地：零陵郡泉陵县
职　位：武锋中郎将→偏将军
所　属：吴

张昭

字子布，东吴长史。他主管东吴的内部事务，辅佐孙权，却因为主张投降曹操而遭后人耻笑。

156 ~ 236
出生地：彭城郡
职　位：长史·抚军中郎将→辅吴将军
所　属：吴

阚泽

字德润，为东吴的谋臣。他胆识过人，能言善辩，给曹操送上黄盖的诈降书，舌战曹操，使曹操深信不疑，为赤壁之战的胜利立了一功。

? ~ 243
出生地：会稽郡山阴县
职　位：中书令·侍中→太子太傅
所　属：吴

目录

英雄相惜，共谋宏图大业
....

公元 194 年，秋天。

皓月当空，夜深人静。

寿春（今安徽寿县）袁术军营中一片安宁。

一个年轻的身影在月光下独自徘徊，长吁短叹，良久，转身走回营帐中伏案大哭……

忽然，一人从外闯入营帐，面向痛哭之人放声大笑："伯符何故如此伤心？你有心事，为什么不和我商量，哭有何用？"

孙策闻声大吃一惊，急忙站起来一看——原来是父亲的老部下朱治，连忙施礼让座，长叹了一声说："唉，想我父亲当年独霸江东，何等英雄！而今我寄人篱下，一事无成，又怎能去继承父亲的遗志呢？"

朱治听了这番话，沉思了一会儿，说："伯符不必烦恼，我有一'瞒天过海（是集我国古代卓越的军事思想和丰富的战争经验总结而成的兵书《三十六计》中的第一计。形容用欺骗的手段，暗中行动）'之计！你去找袁术借兵，就说是……"

东汉末年，皇室统治日渐衰弱。群雄并起，天下大乱。凉州军阀董卓领兵进入都城洛阳，自任相国，倒行逆施，为所欲为，对人民一味地掠夺残杀，激得天怒人怨，群起而攻之。以袁绍为盟主的十八路诸侯联兵讨伐董卓。乌程侯长沙太守孙坚，身先士卒、奋勇杀敌，率先攻入洛阳，获得了汉朝的"传国玉玺（君主的玉印）"。孙坚一向以勇猛善战而闻名天下，可惜，几年之后，他在战场上被暗箭射伤，最终不治而亡，年仅三十七岁。

孙坚死后，他的大儿子孙策带领父亲的残部，投靠在另一路诸侯袁术的帐下。袁术是个疑心极重的人，他害怕孙策将来发展壮大，不利于自己称王称霸。因此，他对孙策光是使用，并不提拔。孙策东征西讨，屡建战功，却一直得不到袁术的信任和重用，更不必说继承父亲的宏图大业了！孙策常常为此愤愤不平。

这天夜里，孙策听了朱治的一番话后，茅塞顿开，心中的郁闷一扫而光。第二天，孙策求见袁术，说是母亲和妻子现在在舅舅——丹阳（今安徽宣城）太守吴景处；而今丹阳被扬州刺史刘繇围攻甚急，急需去兵援救，愿以父亲留下的传国玉玺为抵押，暂借几千人马去救援母舅。袁术见到玉玺，喜出望外，也没多想，就一口答应了孙策的要求，立即借给兵士三千、马匹五百。

孙策带领三千人马，和父亲的老部下朱治、吕范、程普、黄盖、韩当等文臣武将选了个吉日起兵。他们一路招兵买马，将到历阳（今安徽和县）时，已扩充至五六千人了。这日，孙策领兵向历阳城进发，忽然，前路烟尘滚滚，一队人马迎面疾驰而来。孙策吃了一惊，立即命令部下摆开阵势，做好战斗准备。

只见迎面而来的兵马，领头一员小将身着银白锁子甲，面如美玉，目似朗星，英俊潇洒，气宇不凡。此人见了孙策，滚鞍下马，低头便拜，口称："大哥，公瑾前来迎候！"孙策也连忙下马，扶起这位儿时的伙伴、结义兄弟周瑜。

周瑜，字公瑾，庐江郡舒县（今安徽庐江西南）人，生于东汉熹平四年（公元175年），出身于世家大族。周瑜的堂祖父周景、堂伯父周忠，都做过汉朝的太尉；周瑜的父亲周异，也曾担任过洛阳令。

孙策的父亲孙坚，本是吴郡富春（今浙江富阳）人。当初，孙坚兴义兵讨伐董卓之时，将家眷迁到了周瑜的家乡舒县。孙策从小志向远大，喜欢结交朋友，尤其是各类英雄豪杰。周瑜则少年英俊，才华出众，誉满舒县。两位少年一见如故，交往日久，友情越发深厚。周瑜见孙策家的住房不宽敞，便请他住到自己家豪华的大宅里。两人朝夕相处，形影不离，不是兄弟，胜似兄弟，于是结为异姓兄弟。周瑜与孙策同岁而小孙策两个月，故称孙策为大哥。后来孙策随父征战，不得不离开舒县，与周瑜依依惜别，并相约将来一定要干一番惊天动地的大事业。

今孙策从寿春领兵南下，当时周瑜的堂叔周尚正任历阳太守，周瑜从家乡来探望叔父，听说孙策军到，赶忙领一队人马前来迎接。两位少年英雄久别重逢，喜不自胜，互诉衷情。周瑜问明孙策的来意，郑重地说："我愿效犬马之劳，助兄成就霸业。"孙策大喜："我得公瑾相助，大事可成！"随后令朱治、吕范、程普等人与周瑜相见，一同商议天下大事。

周瑜将孙策人马迎进历阳，见过叔父，然后共同谋划下一步的策略。周瑜问孙策："将军想要成就一番大事业，可知江东有'二张'两位贤士吗？"孙策摇头说不知。周瑜告诉他："一人姓张名昭，字子布，博览群书，精通天文地理之学，是彭城人；另

一人姓张名纮（hóng），字子纲，贯通经史，精通诸子百家，是广陵人。这二人为避乱世而隐居江东。现在，我们应该请他们出山，共图大业。"孙策派人去请，两人推辞不肯。孙策又带着周瑜等人亲自去请。宾主双方议论天下大势，高谈阔论，终日不倦。"二张"为孙策的才气、志向和诚意所感动，答应出山助其一臂之力，后来他们均成为东吴的重要文臣。尤其是张昭，被任命为长史，成为文臣之首。孙策又得两位贤才，非常高兴，与众人一起商议过江攻打刘繇的大计。

这个时期，江东（指长江芜湖以下的江南地区，后指整个东吴之地）有不少地方割据势力，最大的便是扬州刺史刘繇，此外还有吴郡太守许贡、会稽太守王朗，以及地方豪强严白虎等。孙策要占据江东，就必须扫平这些势力，首先必须战胜刘繇。

刘繇，东莱牟（mù）平人，是汉室宗亲。他的伯父刘宠曾任汉朝的太尉，哥哥刘岱是兖州刺史，也是当年讨伐董卓的十八路诸侯之一。刘繇原来的驻地是寿春，寿春被袁术占据后，他便渡江到曲阿（今江苏丹阳），赶走了孙策的母舅吴景，分兵把守沿江一带。

孙策、刘繇隔江对峙，刘强而孙弱。刘繇虽兵马较多，却缺乏认真的训练。更重要的是，刘繇不重用有才之士，部下多是平庸之辈。比如勇将太史慈自北方来投，有人劝刘繇任他为大将，刘却不肯，只让太史慈带几个人巡逻。而孙策虽然兵不满一万，却训练有素，战斗力较强。更重要的是，孙策每战必身先士卒、奋勇向前，又十分重用有能之士，跟从他的部众人人尽力，以死相报。刘繇不是孙策的对手，失败是必然的。两军初战于牛渚（今安徽马鞍山），刘繇部下张英被打得大败而回，四千人马及大量粮食、军械均被孙策缴获。刘繇大怒，要斩张英，被人劝下。愤怒的刘繇只好自己带领大批援兵再来迎战孙策。

出谋刘策，尽显大将之才

孙策初战告捷，顺利渡过长江天险，从历阳来到江南，与刘繇的大军相遇于神亭岭，两军一南一北，隔山扎下大营，准备交战。

时将黄昏。大营扎好，孙策带领程普、黄盖等一共十三骑，悄悄地登上神亭岭侦察刘繇的大营。刘繇布下的暗哨发现后，急忙回营禀报。刘繇听罢，微微一笑，胸有成竹地对帐下的众位将军说："孙策小儿，这等诱敌伎俩，谁人不识？众将安坐，不可追赶。"刘繇话音刚落，太史慈跳起来："此时不捉孙策小儿，更待何时？"急急忙忙地披挂上马冲出营去，一边大叫："有胆气者，跟我来捉孙策！"刘繇阻挡不及，太史慈已冲出营帐。诸将端坐不动，唯有一个年轻的小将军说："太史慈真是猛将，我去助他一臂之力！"说完拍马赶去，众人见他二人如此作为，一起大笑起来。

孙策看罢刘繇大营，拔马返回，正行间，忽听背后有人大叫："孙策小儿休走！"孙策勒马回头一看，只见两匹快马从山上飞驰而下，直冲过来。孙策命十三骑一字摆开，喝问："来者何人？"说话间，两骑已到面前，为首的一人高声回答："我是太史慈，专门来捉拿孙策归降！"孙策放声大笑，"我就是孙策，你们两个一起上来，我也不怕，我若叫别人帮手，就不是好汉！"太史慈更不示弱，"你就是众人一起来攻，我也不怕！"说罢，纵马冲来，直取孙策，两人大战五十回合，不分胜败。程普、黄盖等久经沙场的老将在心中暗暗称奇："好个太史慈！"

太史慈见孙策枪法无半点破绽，一时战他不下，便心生一计，故意使枪法渐乱，回马便走。孙策纵马赶上，大喝一声："走的不算男子汉！"两人又战三十回合，仍不分胜负。太史慈见程普等急急赶来，心想："他们有十三个人，我就是活捉了孙策，也会被他们夺回，不如将他们引到我大营附近再下手。"于是回马再走，并故意大叫："孙策，你不要再赶我了！"孙策哪肯罢休，大吼一声："太史慈，你跑不了啦！"纵马再追，一直追到离刘繇大营不远，太史慈回马再战，两人又战了几十回合，还是分不出胜负。

太史慈见孙策十分勇猛，心想："硬拼不是个办法。"假意回马要走，待孙策近身，回马就是一枪；孙策招架不及，急忙侧身，枪正好从左腋下穿过，孙策左臂一把夹住，右手持枪对准太史慈狠狠地刺过；太史慈无枪招架，急忙侧过身子，也用左臂将枪夹住。两人的枪都被对方夹住，只好拼命地用力夺枪。不料，枪没夺过来，两人却失去了平衡，一起掉下马来，滚作一团。于是，两人来不及拿枪上马，揪住对方便打，拳脚相加，揪领扯衣，将双方的战袍扯得七零八落，衣不蔽体。

这边太史慈刚到而立之年，那边孙策二十出头，都是年轻

力壮之时，两人势均力敌，打得难分难解。扭打中，孙策眼疾手快，抢先拔下太史慈背上的短戟便刺；太史慈的反应也不慢，一把抓下孙策的头盔，当作盾牌来挡。眼看太史慈就要吃亏，忽然呐喊声四起——太史慈的接应人马来了，一千余人将孙策包围起来。孙策左冲右突，心慌意乱，眼看抵挡不住了，幸得程普、黄盖等十二骑赶到，拼死冲破重围，来救孙策。

混战中，太史慈与孙策各抢得一匹战马，拿枪上马再战。十三骑毕竟敌不过千余人马，孙策等边战边退，但总是无法脱身，眼看就要战死疆场！就在这十万火急关头，前面喊声大起，太史慈的部下纷纷落马，只见周瑜领一支救兵杀到。原来周瑜见孙策侦察未回，怕有闪失，率人接应来了。周瑜一到，杀得对方人仰马翻，慌忙回撤。不料，刘繇见太史慈将要得手，亲自率大军杀出营来。刘繇人多，孙策兵少，只是天色已暗，暴雨骤至，两边各自收兵回营。

这一场恶战，杀得孙策筋疲力尽，回营后连连感叹太史慈的勇猛，说是生平还未有过如此的恶战，要是太史慈能归顺自己，该多好啊！英雄识英雄，周瑜眉头一皱，计上心来，忙凑到孙策身边耳语一番，孙策连声说："妙计！妙计！"

第二天，孙策率大军来到刘繇营前。两军对峙（相对而立），孙策用枪挑着太史慈的戟，耀武扬威地大喊："太史慈若不是逃得快，昨天已被我刺死了！"刘繇这边也用枪挑着孙策的头盔大喊大叫："孙策的头已在这里！"两边争强夸胜，叫个不休。太史慈纵马出阵，指名孙策出马，再决一死战，孙策正要上前，被程普拦住，"不用主公亲往，看我来捉他！"

程普纵马向前，与太史慈大战三十回合，忽闻刘繇鸣金收兵，双方罢手回营。太史慈气急败坏地问刘繇："我正要捉拿贼将，你为什么要收兵？"刘繇说："大事不好，周瑜昨夜领兵夺取了曲阿，我们的后方基地被他们占领，不可久留于此，赶快撤往秣陵（今江苏南京），会合薛礼等部再说。"

刘繇收兵，孙策欲擒故纵（是兵法三十六计的第十六计。为了要捉住他，故意先放开他，使他放松戒备，泛指为了更好地控制，故意先放松一步），并不追杀，却于当天夜里分兵五路前去劫营。刘繇军心散乱，骤遭劫营，兵士四散逃命，几乎全军覆没。太史慈虽然勇猛，也独木难支，带上数十骑人马连夜逃往泾（jīng）县。刘繇自己则逃往秣陵，会合部下大将薛礼等部举兵再战。孙策在进攻秣陵时，被暗箭射伤，乘机施诈死败退之计，引薛礼大军出城追击，孙策设伏包围袭击，一场恶战，薛礼几乎全军覆没。

太史慈逃到泾县，招兵买马，准备兴兵给刘繇报仇。孙策非常欣赏太史慈的勇猛，便与周瑜商议活捉太史慈，收归己用。此时孙策箭伤未愈，命周瑜代行指挥。

周瑜下令从西、北、南三面攻打泾县，故意留下东门放太史慈出城。此时太史慈招募的兵马还未来得及集中，周瑜已指挥大军攻入城中，满城喊杀，三面放火。太史慈见城上三面起火，只有东门平静，便急忙上马奔出东门逃命，一路上拼命冲杀，好不容易逃至泾县东五十里处一片芦苇丛中。太史慈人困马乏，刚刚下马休息，忽听喊杀声四起，急忙上马就走，未料四下里绊马索密布，太史慈人仰马翻，被孙策部下活捉。

听说太史慈被押到，孙策跛着脚赶到营外，喝散兵卒，亲手为太史慈松绑，还将自己的棉袍披在太史慈身上，请入营帐，设酒宴为太史慈压惊。太史慈说："败军之将，为何不杀？"孙策笑说："我知将军是真英雄。刘繇这头蠢驴，不用您为大将，怎能不败！"太史慈敬孙策是位大英雄，今日被俘不予杀害反而厚待自己，于是表示愿意归降。孙策大喜，便乘机向太史慈请教。

太史慈说道："刘繇新败，部下离心，我想去召集残部来投将军，不知将军是否放心？"孙策闻言，立即拜倒在地："这正是我的心愿，请您明天中午再到此聚会。"

太史慈放下酒杯，招呼也不打，起身上马就走。孙策部下众将个个都表示担心说："太史慈如此急切地上马就走，必然不会再来了！""不然，"孙策对众将说："太史慈是个严守信义之人，必定不会欺诈。"诸将几乎无人肯信，唯有周瑜含笑点头。

第二天，孙策命令竖一根竹竿在营寨之中看日影计时，静候太史慈的到来。时近中午，太史慈仍未赶到，诸将议论纷纷，七嘴八舌，说什么的都有。唯有孙策与周瑜面带微笑，坐立不动。忽听得寨外人喊马嘶，不等哨兵报告，太史慈一马当先冲入寨中，滚鞍下马，拜倒在孙策跟前："主公，我来迟否？"孙策急忙扶起，偷眼一看：日影恰好正午，诸将无不心服口服。

因太史慈召集了一千多残部归降，影响极大。孙策还听取了周瑜的建议，严申军令：所有将士兵卒，不许抢掠老百姓的财物，违者格杀勿论！鸡犬菜蔬，一无所犯，孙策部队受到人们的热烈欢迎，大家高兴地称呼孙策为"孙郎"。当初，老百姓一听说孙策兵到，人人失魂落魄，城中官民都逃到深山里躲了起来。现在孙策军到，人们奔走相告，牵着牛、抬着酒前来军营慰劳，孙策命部下按市价付款，军营里一片欢呼之声。

孙策又发布公告：凡刘繇部下，来归降的既往不咎。愿意从军的，免除家庭赋税徭役；不愿意从军的，也不强迫，任其归家。如此一来，刘繇的许多旧部都来投奔孙策。孙策的军队在短时间里，从过江时的七千余人，迅速增加到近三万人，一时间声势大振，江东一带，人心钦服。这固然是孙策领导有方，但周瑜出谋划策之功也不可小觑。

文武双全，儒雅风流的一代儒将

····

　　孙策打败刘繇之后，兵精粮足，声威大震。于是他命令弟弟孙权与大将周泰镇守宣城，自己带领大军乘胜东进，赶走了吴郡太守许贡，击溃了地方豪强严白虎的武装部众，占据了吴郡（今江苏苏州）。接着，孙策又挥兵南下来夺会稽（今浙江绍兴），并追歼严白虎的残部。

　　会稽太守王朗联合严白虎引兵出城抗击孙策。两军对阵，孙策责问王朗："我兴仁义之师来安土保民，你为什么要帮助贼寇？"王朗反唇相讥："你贪心不足！既已得吴郡，为什么又来犯我地界？今天我要为严白虎报仇雪恨！"孙策大怒，挥兵向前。两军激战正酣，忽然王朗后军大乱——原来是周瑜、程普各带一路人马抄后路杀来。王朗军遭前后夹击，寡不敌众，慌忙与严白虎等杀开一条血路，逃回会稽，紧闭城门，坚守不出，想以持久战来拖垮远道而来的孙策大军。

孙策强攻会稽，一连数日攻打不下，便召集众将商议对策。孙策的叔父孙静说："王朗固守坚城，极难攻下，不如先攻打他的屯粮之处——离此数十里的查渎（在今浙江萧山区西南），劫其粮草以供我军之用，也可以乱他的军心。"周瑜表示赞同说："若攻查渎，可用计谋先引王朗出城，以免我腹背受敌，不妨做以下布置……"孙策喜笑颜开，连呼好计，连夜调拨人马，依计而行。

第二天一早，王朗闻报孙策退兵，忙上城楼观望：只见孙策营寨依旧，营中旌旗不乱，烟火并举，却又静悄悄地不见一个人影。王朗心中疑惑不定，部将周昕说："孙策必定已走，故意如此布置作疑兵之计，我们马上派兵追杀他！"严白虎也说："孙策恐怕是攻打查渎去了。"王朗大惊，"查渎是我屯粮之处，你与周昕赶快引兵先去，我随后接应。"

严白虎与周昕引兵五千，出城追赶，行到天黑时，走进一片密林中，忽然一阵鼓声，火把齐明，周瑜与程普迎面杀来。严白虎心想：不好，中埋伏了。与周昕两人回马便走。火光中又有一支人马挡住了归路，为首的大将正是孙策。周昕举刀迎战，被孙策一枪刺死，严白虎乘乱逃走，其余人马都不战而降。孙策乘胜追击，一鼓作气，杀散了王朗率领的接应人马，攻占了会稽城。

孙策占领了会稽后，江东的几路强敌已除，剩下的零星残部，已不足为虑。但此地民风彪悍，难以治理，需要较长时间才能安定。他对周瑜说："我留在这儿剿匪安民，你回到母亲身边，与叔父一起镇守丹阳，对付袁术吧。"

周瑜遵命回到丹阳。不久，袁术派人取代周瑜的叔父周尚出任丹阳太守。周瑜写信给孙策建议说："目前江东尚未完全安定，不宜与袁术翻脸，不妨让出太守之职，我自己与叔父一同去寿春与袁术周旋，然后见机行事（看具体情况灵活应对）。"

周瑜与叔父一起来到寿春拜见袁术。袁术见周瑜年轻有为，便要请他带兵打仗，一来为自己所用，二来可以折去孙策一条臂膀。周瑜坚辞不就，只请求做居巢（今安徽桐城南）县长，借地利之便，可以随时回到孙策身边。袁术一时猜不透周瑜的心思，便同意了。

不久，江东平定，民安粮足，军力大增。周瑜借机从居巢乘船东下，来到吴郡。孙策听说周瑜回来了，亲率文臣武将出城十里迎接，并正式授给周瑜"建威中郎将"之职，统领精兵数千。这年周瑜二十四岁，才貌出众、文武双全，是吴郡姑娘们心中的偶像，因此，都称他为"周郎"。

江东既定，孙策已无后顾之忧，便谋求向西发展！攻占长江中游的广大地域。他派周瑜领兵镇守牛渚，并兼任春谷（今安徽繁昌西北）县长。一方面从军事上为攻取荆州做准备，另一方面利用周瑜在庐江郡的威信做一些安抚工作。周瑜非常出色地完成了孙策交给他的任务，从军事、政治两方面做好了攻打荆州的前期工作。

建安四年（公元199年），孙策和周瑜率兵渡过长江，攻打袁术统治下的庐江郡大片土地。孙策、周瑜还因为此次战役的胜利，娶了一对绝色姐妹为各自的妻子，而成为连襟。

皖城之北三里，有一座彰法山，山上松林竹丛，郁郁葱葱，山下一条小溪潺潺流过。在这背山面水的风景之地，有一座向阳的朴素宅院——这就是东汉名臣乔玄的隐居之地。

乔玄，字公祖，中原梁国（今河南商丘）人。东汉灵帝光和年间（公元178～184年）曾任太尉之职，位列三公；又是当时的名士，擅长品评人物。当年，曹操年轻时，放纵任性，不肯好好地从事常人所做的工作，整天游手好闲，人们都有些看不起他，认为他没什么大出息。唯有乔玄对他另眼相看，认为他不是平凡之人。乔玄曾对曹操说："天下将要大乱，没有治世之才是不能扭转大局的，能够安定天下的，看来就是您了！"

眼看天下就要大乱，乔玄官也不做了，假称有病，辞职带领全家老小离开中原战乱之地，迁到这山清水秀的彰法山下，过着朴素清贫的隐居生活。孙策、周瑜早就听说过乔玄的大名，因此，攻下皖城后，便来拜访。

孙策、周瑜在距乔宅不远处令随从止步，自己也下马步行。乔玄早闻江东"孙郎""周郎"的大名，今日一睹风采，果然雄姿英发，年轻有为，尤其是周瑜，还另有一种风流潇洒的儒雅之气。乔玄迎接两位，寒暄一番，进屋分宾主坐定。乔家生活较清贫，没有什么好东西招待贵宾，他很是不安，转而一想：听说两位将军文武双全，特别是周瑜还精通音乐，何不叫两位女儿来弹一曲以助雅兴！

乔公的两位女儿知书识礼，琴棋书画俱能，吹弹歌舞皆精，而容貌之美，据说是当时最漂亮的姑娘。所以，两个女儿虽深居闺中，芳名却早已传播天下，人称"大乔""小乔"。不用说，做媒的人，将乔玄家门槛都踏平了；但乔玄眼光太高，一个也看不上眼，因此两个女儿一直待字闺中（指女子待嫁。字，指取别名，借指许配，古时女子成年许嫁才取别名）。

大乔、小乔果然琴技不凡：高山流水，百鸟争鸣，珠落玉盘，夜月空山……孙策与周瑜征战日久，今日得此闲暇听两位美女弹琴，真是难得的享受。两人相视一笑，深感此曲只应天上有，人间难得几回闻。精通音乐的周瑜更是听得聚精会神，如痴如醉。

忽然，周瑜回头向侧后的帘子里望了一眼。

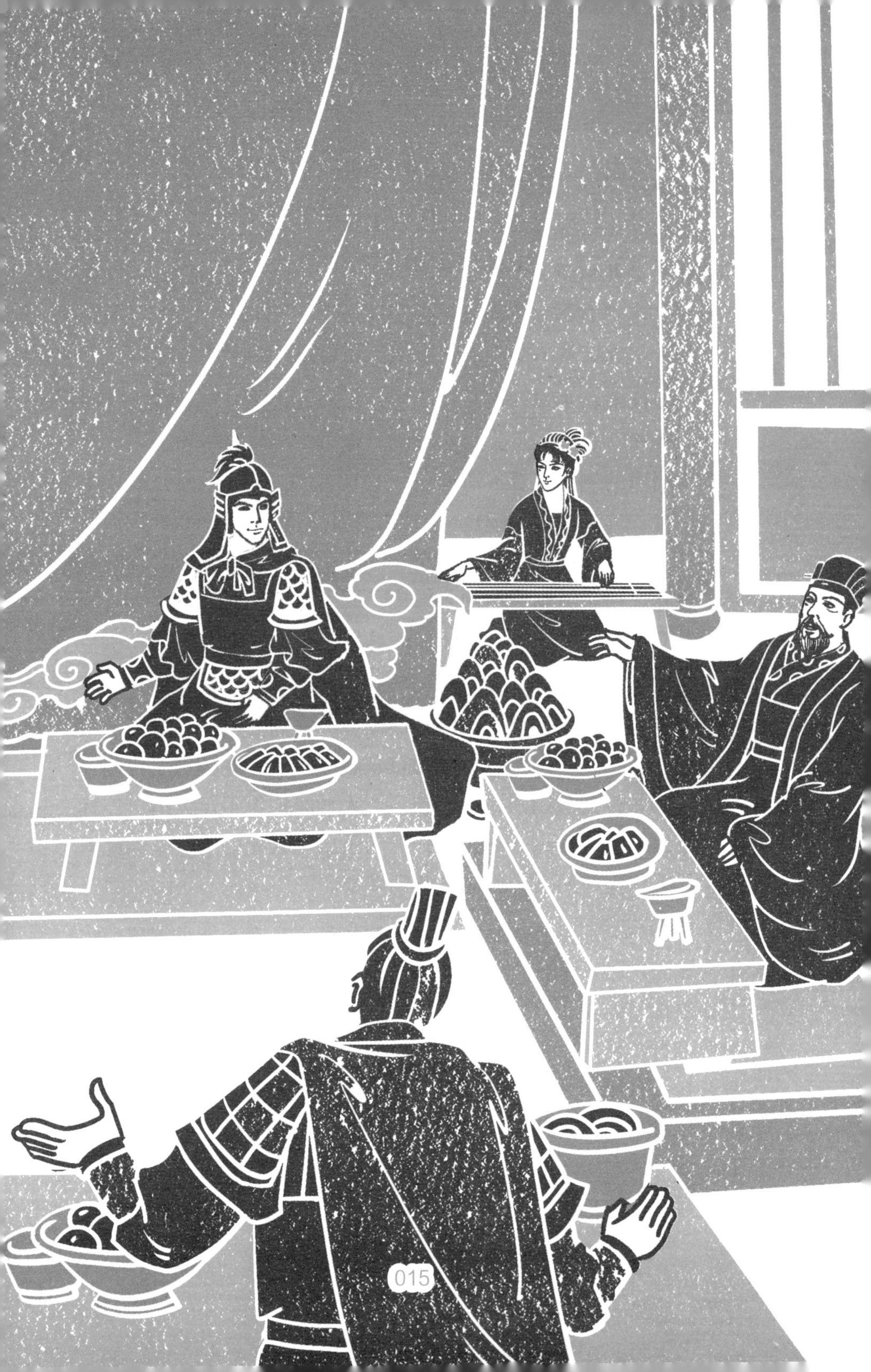

琴声依旧，周瑜继续端坐聆听。

不一会儿，周瑜又连续几次回头张望……

乔玄见此情景，忙叫女儿停止弹琴，抱歉着向周瑜说："小女琴艺不精，有污将军清听，抱歉之至，还望将军海涵。"周瑜连忙答礼，说这是从小养成的习惯，还请乔公多多原谅才是。

原来这都是小乔在作怪：小乔比大乔调皮，她早就听说过周瑜精通音律，今日一见，果然儒雅风流；可惜自己坐于帘后，只能看到周瑜的侧面，看不清周瑜的五官表情，便故意弹错了一个音，引周瑜回头，借机窥视。待她看清周瑜果然年轻英俊、风流潇洒，禁不住芳心萌动，又弹错了一个音。小乔一错，使配合她的大乔也跟着出错，所以周瑜频频回头。此事后来传为佳话——"曲有误，周郎顾"，"顾"就是回头的意思。

深解人情世故的乔玄心想：这下子有戏了。于是叫两位女儿从帘子后面走出来拜见孙策和周瑜。孙、周二人早就听说过国色天香的乔公二女，今日一见，只觉眼前猛然一亮，二女犹如天女下凡，美得无法用语言来形容。二人顿时惊得手足无措，连杯中酒洒出来都不知道。乔氏姐妹见两位出生入死的大将军如此失态，忍不住掩口而笑，更显得妩媚多姿。

孙策与周瑜见到大乔、小乔，浑身都不自在，能征善战、出生入死的英雄也难过这美人关。于是二人匆匆告辞，第二天便派人来提亲，乔玄一口答应。战乱时期，夜长梦多，不及久候，他们便择吉日成婚。孙策娶了大乔，周瑜娶了小乔。新婚之日，孙策开玩笑地对周瑜说："大乔、小乔跟着父亲流落到此，过着清苦的生活。今天得我两人为女婿，也是苦尽甘来的一大乐事。"乔玄从一位隐居名士，一跃为江东霸主孙策的岳父，有国丈之尊，人们都尊称他为"乔国老"。

尽心竭力，报知遇之恩
• • • •

江南三月，莺飞草长。

建安五年（公元 200 年）春末，孙策率领部众在丹徒山中打猎。

众将围赶堵截，群鹿东奔西走，寂静的山林中一片喧闹声。

孙策性急马快，抢先冲入鹿群，箭不虚发，接连射倒几只，正高兴得忘乎所以，忽见树林中有三名全副武装的人望着他。孙策停马喝问："什么人？"其中一人回答说："我们是韩当将军的部下，在这里助将军打猎。"孙策也没多想，转身便走，不料背后一人举枪便刺，刺中孙策的左腿；孙策急忙回头，又一箭射来，正中面颊；孙策忍住剧痛，一把拔下箭来，回手就是一箭，那放箭之人应声而倒。剩下的两人一面举枪朝孙策身上乱捅，一面大叫："我们是许贡的家人，专门找你报仇的！"孙策来不及拔剑，只举着手里的弓胡乱遮挡，连人带马均被刺中数枪，眼看抵挡不住了。正在这危急之时，程普带人赶到，一拥而上，将许贡的家人乱刀砍死，救下孙策回营。

原来，孙策在攻占庐江郡后，又相继占领了豫章、庐陵二郡，基本上统一了长江中下游地区，声势大振，连曹操也感叹不已："狮儿难与争锋也！"不想，原吴郡太守许贡，派人请曹操南下江东，自己做内应，想里应外合，推翻孙策的统治。但送信的人过江时，被孙策部下俘获，许贡被绞死，家小四散逃命；唯有这三位家人发誓要给许贡报仇，于是在孙策打猎时行刺。

孙策被刺，伤势极重，只得在家治疗养伤。孙策性格暴躁，最怕在家养病，仍然不停地过问军政大事。一日，孙策派到许昌见曹操的使者回到江东，向他报告出使事宜，说话时吞吞吐吐，不敢多说。孙策大怒，要杀他，那人只好实话实说。原来曹操的谋士郭嘉曾对曹操说："孙策的个性太急，又不懂计谋，只会冲锋陷阵。如果有人要暗杀他，十拿九稳，将来必定死于小人之手，根本成不了大事。"孙策一听这话，气得从床上蹦起来，大喊大叫要起兵北伐，攻打曹操。因为过分激动，全身箭伤迸裂，昏倒在地，伤势日渐沉重。

孙策自知伤重难治，便把大弟孙权及张昭等文臣武将叫来交代后事。

他对张昭等一班人说："目前中原大乱，以我们江东的人力、物力，紧守长江这道天然屏障，进可以观成败以图中原，退可以保守江东六郡，你们要好好地辅佐我的弟弟。"

然后，他令人取来大印，亲手交给孙权，说："率领江东之众，与天下诸雄争锋，在战场上杀敌取胜，你不如我；举贤才用能人，使他们尽心竭力，保守江东，我不如你。你要珍惜父亲和我创业的艰难，好好干出一番事业来！"接着，孙策对母亲吴太夫人说："儿子不孝，再也不能侍奉慈爱的母亲，今天将重任托付弟弟，还望母亲时常对他多加叮咛；对我的老部下，也不能轻慢。"

吴太夫人号啕大哭，一边哭、一边说："恐怕你弟弟太年轻，掌握不住大局啊，那怎么办？"孙策回答说："弟弟的才能胜我十倍，完全可以担当大任。如果内部事务不能决断，可问张昭；外部事务不能决断，可问周瑜。可惜周瑜不在身边，不能当面嘱托！"接着又告诫另外几位弟弟，要他们共同辅佐孙权，骨肉相亲，若有异心，不但众人共诛之，而且死了也不准葬入祖坟。

最后，孙策拉着夫人大乔的手，一边流泪，一边说："我与你不幸中途分手，你要代我孝顺母亲，嘱咐你妹妹转告周瑜——尽心尽力辅佐我弟弟孙权……"话未说完，撒手而亡，年仅二十六岁。

孙策一死，屋内顿时一片哭声。孙权也哭倒于床前。文臣武将，无不悲伤万分；唯有长史张昭保持着清醒的头脑，他劝告孙权说："现在不是将军该哭的时候，作为孙家后代，贵在能继承先人遗志，创造时势，完成大业。而今天下观望，群雄虎视，哪能因悲伤而不过问政事呢？"他亲自帮孙权换衣服，扶他上马，陪孙权去巡视各营将士、民众百官，以安定人心。他带头率领下属们辅佐孙权，并要求文臣武将们都忠于职守、安抚百姓。由于张昭在文人士大夫中声望很高，他带头支持孙权，使一大批文臣名士都安下心来。

孙权开始掌管江东的军政大事。尽管这时，他已拥有会稽、丹阳、吴郡、庐江、豫章、庐陵六郡之地，但局面并不稳定。一些部下见他只有十八岁，实在太年轻，对他能否继承父兄遗志，干成一番大事业，抱着怀疑的态度。有的人徘徊观望，有的人想离开江东，另投新主。虽然靠着张昭的辅佐，稳定了一批文臣士

绅的情绪；但保卫领土的武将士卒们却未能完全稳住。那些跟随孙坚、孙策浴血战场的老将们，大多都认为孙权太年轻，又没有带兵打过仗，远不及他的父兄，有些看不起他，也就不可能真心服从他的领导。孙权自己也有些精神恍惚，尚未从悲痛中摆脱出来。正在这政局难定之时，周瑜从外地赶了回来。孙权闻报，精神一振，自孙策去世后，第一次露出了笑脸："公瑾回来了，我没有什么可担心的了！"

孙策攻占豫章、庐陵后，见新占地区局势不稳，便派周瑜领兵镇守。经过周瑜一段时间的整顿，民心安定、兵足粮丰。周瑜听说孙策打猎受伤，便急忙回吴郡探望；走到半路，得知孙策去世，周瑜悲恸欲绝，更是快马加鞭、日夜兼程地赶回吴郡。

周瑜哭拜在孙策的灵柩之前，悲伤万分。吴太夫人劝周瑜节哀，她将孙策临终遗言转告周瑜，并说："江东大事，全仗公瑾，望你不要忘记伯符的临终嘱托，我们孙氏一家感激不尽！"周瑜拜倒在地，表示牢记不忘，一定竭尽全力，至死方休。

一会儿，孙权来了，他感谢周瑜在这艰难时刻赶回来帮助自己，希望周瑜像兄长一样经常教导他。周瑜一边磕头一边说："我愿意肝脑涂地（原指在战乱中惨死，后指牺牲生命），报答你们兄弟的知遇之恩（指得到赏识或重用）！"孙权慌忙扶起周瑜，向他请教国家大事："我今日继承了父兄的事业，该用什么方法来保住它呢？"周瑜回答说："当今之时，群雄并起，战乱不休，得人才者兴旺发达，失人才者自取灭亡。必须有高明远见的杰出人才来辅佐将军，江东才能安定稳固。我自知才德浅薄，不足以担当大任，但我愿以全家性命担保，推荐一个人来辅佐将军！"

孙权见周瑜这样郑重其事地推荐一个人，不免有些惊奇地问："是什么雄才大略之人，值得公瑾如此推崇？"周瑜说："此人胸怀韬略，腹隐机谋……"然后详细地向孙权介绍了此人的情况，以及与自己结识的过程。孙权很是高兴，便叫周瑜代表自己去请他来共图大业——周瑜力荐何人？留在下章表述。

　　自此，周瑜主动留下来辅佐孙权，另派人去镇守豫章、庐陵二郡。他以中护军的身份和张昭一起帮助孙权处理内外军政大事。这两位关系国家安危的重臣紧密地团结在孙权周围，那些徘徊观望以及想另找新主的人，大都安定了下来；孙权逐渐地稳住了江东的人心，掌握了大局。在这个过程中，周瑜的作用尤其重要，因为他本是孙策最信任的助手和最主要的谋士，战功赫赫，在将士中有很高的威信。他带头支持年龄、资历都比他差一截的孙权，像尊重孙策一样尊重孙权，尽心尽力地辅佐孙权，这在稳定武将之心、稳住军队上起了极大的作用。

为吴主谋大贤，慧眼识英才

••••

孙权继位，比孙策更加器重周瑜。周瑜一面积极地报效孙权，一面又不断地网罗人才，并提出了一个非用不可的杰出人才。周瑜极力向孙权推荐的杰出人才是谁呢？

鲁肃！

鲁肃，字子敬，临淮东城（今安徽定远东南）人。鲁肃出生不久，父亲就去世了，祖母和母亲将他抚养成人。他侍奉两位老人非常尽心，是远近闻名的孝子。鲁肃体格魁伟，智慧超群，从小就胸怀大志。在东汉末年天下即将大乱的时候，他对时局的发展趋势有着超过常人的深刻认识。因此，他除了读书习文之外，还十分用心地练习击剑、骑马、射箭等武艺。他招收了一批青少年，教他们练兵习武，将他们训练成自己的私人武装。

鲁肃家里很有钱，是当地的大财主，但他觉得乱世之时，不必积聚钱财；所以乐善好施、仗义疏财，甚至变卖田地用来救济穷人。他这种慷慨大方的做法，使他得到了家乡人民的拥护，结交了许多好友，周瑜就是其中最杰出的一位。

周瑜做居巢县长时，曾带领几百人路过东城。因为缺粮，他去拜访鲁肃，请求接济。当时，鲁肃家还剩两囷米，每囷三千石，他随手就把一囷送给了周瑜。周瑜见鲁肃如此仗义轻财，解决了自己的大问题，非常高兴，从此和鲁肃结为生死之交。这就是后来为人传诵的"指囷相赠（指着谷仓里的粮食，表示要捐赠给他人。形容慷慨资助朋友。囷，qūn）"的故事。

鲁肃最为突出的优点，是在政治上的远见卓识。他是文武全才，又有一支私人武装，各种地方割据势力都想拉拢他。袁术就曾闻其大名，而任命他为东城长。鲁肃了解袁术无才无德，不足以成大事，没有应允，而是毅然带领数百人南下投奔结识不久的周瑜。

鲁肃告诉家人和部下说："现在天下大乱，淮河两岸是南来北往的战场，绝不是一方安宁的乐土。而江东沃野千里，民富兵强，又有长江天险，是一处躲避战乱的好地方，你们随我去那儿安居，坐观天下大势的变化！"

鲁肃带领三百多人南下。他叫妇女老幼走在前面，青壮年护卫，自己断后。走不多远，追兵来了，他叫大家赶路快走，自己带领少数人在后面抵挡。他对追兵们说："男子汉大丈夫，应当了解天下大势，现在战乱纷纷，有功无人奖赏，不追我也不会受到惩罚，你们何苦跟我来真的呢？"面对追兵，鲁肃毫不畏惧，一边向他们讲道理，一边展示自己的武艺。他叫人把盾牌放在地上，连射几箭，都射穿了盾牌。文攻武卫，双管齐下，追兵们退了回去，避免了一场流血战斗。鲁肃确实有胆有识，有应付突发事件的能力。鲁肃在居巢住了一段时间，因为周瑜离开了居巢回吴郡，鲁肃又渡江南下，迁到曲阿住了下来。

周瑜力荐鲁肃后，奉孙权之命到曲阿来请鲁肃出山。老朋友久别重逢，分外高兴。周瑜向鲁肃转交了孙权的亲笔信。鲁肃看完信后，对周瑜说："感谢孙权将军和您的盛情，可是我已答应了屡次请我的另一位朋友，要到巢湖去帮他。"周瑜说："现在的天下，不但是诸侯选择贤才，贤能之士也会选择高明的主人。而我的主公孙权将军最尊重贤才，用人不疑，倾心相托；他又有了偌大的江东基业，将来必定能成就一番大事业，缺的就是您这样的将相之才，您不去他那里，反而去别处，恐怕不是明智之举吧？"鲁肃沉思半晌，忽然一拍案几，说："好，听您的，走！"

鲁肃决定出山辅佐孙权，是经过一番仔细考虑的。虽然孙权初掌江东军政大权，局势不稳，但也正是展示自己才能的大好时机，所谓疾风知劲草，危难见英雄。果然，鲁肃经周瑜推荐给孙权后，很快就以他的远见卓识和治国治军的杰出才能，赢得了孙权的欣赏和信任；他的文韬武略得到了充分施展的机会，很快成为孙权的重要谋士与军政大事的主要决策人。

鲁肃第一次拜会孙权，两人就一见如故。孙权很欣赏鲁肃的才能。两人兴高采烈地谈论了一整天，还觉得兴致不减，好像还有许多话没有说。众人告辞以后，孙权又把鲁肃留下来彻夜长谈。夜深了，两人裹着被子躺在一张床上，一边喝酒，一边兴致勃勃地谈论天下大势。

孙权毫无睡意，目光炯炯地看着鲁肃，问："现在天下大乱，汉朝的皇位不稳定。我继承了父兄的基业，想要建立像'春秋五霸'中的齐桓公、晋文公那样的伟大功业，你有什么高明的办法教我吗？"

面对孙权的虚心讨教，鲁肃说出了思考很久的一番话。他首先对天下大势和东吴的前景作了精辟的分析："今天的曹操，就好像当年的楚霸王项羽，将军您为什么只想像齐桓公、晋文公那样做割据一方的诸侯呢？据我所料，汉朝气数已尽，是不可能再复兴了，曹操也不能一下子被除掉。为将军您打算，只有先鼎足江东，以观天下之变。"接着又为孙权出谋献策："趁曹操正忙于北方战事的时机，您可以进兵剿除黄祖、讨伐刘表，将长江一带据为己有；然后称王称帝，图谋天下，建立汉高祖刘邦那样的伟大功业。"

孙权听了，假意推辞了一下，说："唉，而今我尽力治理江东，只不过希望辅助汉皇帝，你说的这些，不是我所能做到的。"鲁肃看透了孙权的心思，特意为他找了一个理由："古人说，人人都可以为尧舜，只要将军您愿意，就一定行！"孙权再也掩饰不住，高兴得从床上跳起来感谢鲁肃："今天真是深受教诲，我愿与您共图大业，同享富贵！"

鲁肃的这番话，就是后来一再被历史学家称颂的"吴中对策"。在对策中，鲁肃根据江东的地理位置和军政实力，提出了凭借长江天险与曹操抗衡的战略设想，明确了逐步消除长江中游的地方势力，统一长江中下游及南方，然后反攻长江以北，最终统一天下的具体部署。既有目标远大的战略设想，又有切实可行的具体步骤；比之孙权的割据江东、仅仅做一个地方诸侯的设想，高明得多。这给当时求贤若渴的孙权以极大的震动，也产生了巨大的影响，成为日后孙权的"既定国策"。

"鼎足江东"的意思是占据天下的三分之一。提起三分天下，人们总以为是诸葛亮的发明。其实，早在刘备"三顾茅庐"的七年之前，鲁肃的这番话中就包含了和诸葛亮"隆中对策"差不多的内容。鲁肃的这种分析和预见，表现了他作为一个政治家的高瞻远瞩。因此，有些历史学家将"吴中对策"与诸葛亮的"隆中对策"相提并论，称之为鲁肃的"隆中对"。

时势造英雄，鲁肃和诸葛亮都是三国时期杰出的政治家和军

事家，他们通过对各种割据势力政治、经济和军事实力的分析，得出了类似的、比较符合历史发展规律的看法：天下大乱，群雄逐鹿，先分成几个大的政治军事集团，然后再进一步取得一统天下的局面。这也是被中华几千年的历史发展实践所证明了的必然规律。

所以，在后来孙权、刘备两大集团反复联盟与对抗的过程中，鲁肃与诸葛亮都是最坚定的"联盟派"，原因就在于他们两人有着较为一致的天下大局观。历史的事实也证明了这两位大政治家的远见卓识：在三国鼎立的格局中，孙、刘联盟，则两强而互利；孙、刘对抗，则两弱而互损，鹬蚌相争、渔翁得利，最后被北方强敌各个击破。

行事果敢，深明韬略

· · · ·

建安七年（公元 202 年）。

孙权母亲吴太夫人的住处。

雍容华贵的吴太夫人端坐正中，孙权恭恭敬敬地站立在一旁；另有张昭、周瑜等人正在争论着什么，七嘴八舌，面红耳赤。

原因是曹操打败了袁术之后，实力大大增强，觉得江东的孙权将来是个劲敌，想要征讨；但苦于实力不够，同时理由也不充分，便来个先发制人，派人送信给孙权，要他对汉室江山效忠，并要求他送子弟到京城为"人质"。如果孙权送了子弟到首都，便等于接受了曹操的控制；如果拒绝，便是存心谋叛，会招致天下人的反对。这一招果然厉害，不但孙权的谋臣们拿不定主意，连孙权自己也难以决断，特地前来请母亲做最后的定夺。

张昭认为这个问题让人左右为难，他向吴太夫人解释："人

质是曹操控制各路诸侯的手段，如果送了去，就只能听命于曹操。如果不送呢，恐怕曹操马上就要带兵攻打我们，那江东就保不住了。"

周瑜坚决反对张昭的这种观点，再次据理力争。"不是这样！"他面对孙权和吴太夫人侃侃而谈，"现在将军继承父兄基业，据有六郡之众，兵精粮多、将士勇敢、物产丰饶、人心安定，怎么能送人质呢？一送人质，就要听命于曹操，受他的控制，最多不过是封您一个诸侯，几匹马、几辆车、十几个佣人，这哪能与独立为王相比呢？不能送什么人质，先观察一下形势再说。"

听完周瑜的这番话，一直静听争论的吴太夫人，面带笑容地对孙权说："公瑾说得有理。他与你哥哥是同年兄弟，我一直把他当作自己的儿子看待。你要像对哥哥一样对他，听他的话，不要送什么人质！"

早在十几年前，吴太夫人带着孙策、孙权等住在舒县时，就认识周瑜了。她和孙策都十分赏识、信任周瑜，所以她叫年轻八岁的孙权听周瑜的话。孙权接受了周瑜的建议，在与曹操的初次交锋中，保住了自己的尊严，争得了主动。

曹操因为北方没有安定，一时也不敢领兵南下，"人质"之事，也就不了了之。

第二年，孙权按照鲁肃"吴中对策"的建议，首先举兵攻打江夏太守黄祖，向长江中游拓展。江中水战，黄祖大败，退到夏口（今湖北武汉），闭门不出。孙权一时攻城不下，自己的后方又发生动乱，任丹阳太守的弟弟孙翊被人杀死，便领兵退还，先安定后方。

建安十二年（公元207年）初冬，孙权准备再攻黄祖。他任命周瑜为大都督，统领水陆两军。大军出发不久后，孙权母亲吴太夫人病逝，孙权只好半途而返，回家料理丧事。

吴太夫人临终之际，嘱咐了三件事：一是要周瑜、张昭尽心尽力地辅佐、督促孙权，要孙权像学生敬重老师一样敬重二人；二是一定要攻打黄祖，报杀父之仇；三是要孙权像侍奉自己一样侍奉庶母——吴太夫人的亲妹妹。

第二年春天，孙权召集张昭、周瑜等商量再兴兵攻打黄祖。张昭不赞成，说是吴太夫人去世未满一年，不能动兵。周瑜反驳说，为父报仇雪恨，不必等满一年，现在就应该起兵。大将甘宁十分赞赏周瑜的观点，要孙权尽快出征。

甘宁，字兴霸，原在黄祖部下，因不被重用而投奔江东。孙权求贤若渴，不计前嫌，委以重任，要他来攻破黄祖。甘宁对黄祖的内部情况很熟悉，他向孙权建议："荆州是水陆交通要道，战略要地。刘表无能，儿子还不如他，根本继承不了他的基业。您应该早日谋取荆州，切不可落在曹操的后面。取荆州，必须先取黄祖。黄祖平庸无能，将士心怀怨愤，军队毫无纪律，又缺少粮食，您一定能战胜他。黄祖一破，便能取得荆州，然后再向巴蜀发展。"张昭仍然坚持反对意见，说是："如今江东并不稳定，如果出兵远征，将会导致内乱。"甘宁见张昭不思进取，非常气愤，激动地说："国家将萧何那样的重任托付给你，你主管内务，反而担心出乱子，你是怎么效法前贤的？"

孙权十分欣赏甘宁的勇气，为了鼓励他，同时又保全张昭的面子，便举杯向甘宁敬酒，并叮嘱说："兴霸，这次征讨黄祖的任务，就像这杯酒一样，决定托付给你。你应该勉励自己，筹划方略，打败黄祖，建立功勋，又何必计较张长史的话呢？"

孙权任命周瑜为大都督，总领水陆兵马；吕蒙为先锋，甘

宁、董袭为副将；自己领兵作为后援，起兵十万，溯江而上，攻打黄祖。几位先锋身先士卒，奋勇杀敌，直杀得黄祖溃不成军（军队被打得七零八落，不成队伍，形容打仗败得无法收拾），只好放弃夏口，落荒而逃。甘宁料定黄祖会逃向荆州，便等候在必经之路上，杀死黄祖后将其首级献给了孙权。甘宁立此大功，此后更被孙权看重。

孙权报了杀父之仇，消灭了黄祖，却没有继续前进。他觉得攻打荆州的主客观条件还未具备，仍需等待时机。于是，他留下若干人马把守沿江要地，自己班师凯旋。周瑜则在鄱阳湖训练水军。

孙权在伺机而动，曹操却抢先南下夺取荆州来了。

官渡之战后，曹操征服乌桓，消灭了袁绍的残余势力，统一了北方黄河、淮河流域的大部分地区。西起关中，东到大海，北至乌桓，南达江淮的广大地区，都是他的势力范围。只有中南的荆州、长江以南、西南的益州及西北部分地区还未能控制。曹操雄心勃勃，要挥师南下，一举消灭南方的割据势力，实现统一。而战略要地荆州，则是他的第一个目标。他早就想取荆州，因为后方未定和军粮不足等原因，一直等到现在才觉得时机成熟！刘表病逝，荆州群龙无首。行动迟了，荆州及附近十万水陆大军必然落入刘备之手，后果不堪设想；自己兵精粮足，后方也已安定，此时不取荆州，更待何时！

孙权回师不久，就接到刘表病死的消息。形势有变，鲁肃向孙权建议："荆州与我们紧邻，那儿江山险固，沃野千里，百姓殷富。如果占据这个地区，是建立帝王之业的基础。现在刘表刚死，他的两个儿子一贯不和，军中各将也各有自己的打算。刘备是天下的英雄，与曹操对立，寄居荆州，刘表妒忌他的才能，不愿重用。如果刘备能与刘表部下齐心协力，上下一致，我们就和他结盟；如果他们那里离心离德，乱作一团，我们也可以下手夺取。否则，曹操一定先下手，那时后悔就迟了！"鲁肃要求以吊丧和慰劳刘表军队的名义，前往荆州探探虚实。孙权非常赞赏鲁肃的建议，便派他前往荆州走一趟。

然而，迟了！

鲁肃从柴桑（今江西九江南）到夏口的途中听说曹操正在向荆州进攻，便加快步伐、日夜兼程赶往荆州。但他还是落到了曹操十几万大军的后头，就在他到达南郡的时候，刘表的小儿子刘琮年幼无知，受人挟制，已经投降了曹操。

据守襄阳（今湖北襄阳市北）的刘琮投降，令刘备措手不及，连夜从与襄阳仅一水之隔的樊城（今湖北襄阳市南）撤退，但还是被曹操追上了。刘备被迫抛弃了妻儿辎重，几乎全军覆没，只带了诸葛亮、张飞、赵云等少数人马狼狈突围，一直逃到江边，得到关羽水军的接应，才转危为安。这时的刘备只剩下关羽率领的一万多水军，另有刘表大儿子刘琦的一万多步兵，加起来不到三万人，根本不是曹操的对手。

刘备惊魂未定，急忙与诸葛亮、刘琦商讨破敌之计。诸葛亮认为：荆州的兵马钱粮都归了曹操，已无法与其抗衡；只有先联合江东的孙权，共同对付曹操，然后再见机行事，建立自己的立足点。刘备很赞赏诸葛亮的主张，只是怕急切之间，不能及时与孙权联络。诸葛亮请刘备不必担心，估计江东一定会派人来前线打探情况的，到时自有办法。

文官主降，孙权感悲凉

• • • •

刘备正与诸葛亮等人讨论联合孙权共同抗曹之时，部下报告江东鲁肃前来吊丧和慰问军队。诸葛亮拍掌大笑："行了，鲁肃来，大事可成！"他问刘琦："从前孙策去世的时候，你们派人去吊过丧吗？"刘琦回答说："孙权与我们有杀父之仇，怎么会行吊丧之礼呢？"诸葛亮转身对刘备说："鲁肃不是来吊丧，而是来探听虚实的，主公可以这样回答……"

鲁肃拜见刘备等人，转达了孙权对刘备的问候，又说自己是诸葛亮之兄诸葛瑾（在孙权手下任长史之职）的好朋友，然后问刘备下一步想到哪里去。刘备回答说想去苍梧，太守吴巨是自己多年的老朋友，准备去投奔他。

鲁肃心想：自己本是来探听虚实的，但现在的形势已相当严峻，曹操得了荆州，下一个目标必定是江东；与曹操相比，江东兵力微弱，而刘备是一支不可忽视的武装力量，不如联合他共同抗曹。情况紧急，自己先斩后奏，想来孙权也不会怪罪的。

于是，鲁肃诚恳地劝告刘备："吴巨是个平庸的人，地方又很偏僻，眼看就要被人吞并，怎么还能依靠他呢？我们孙将军聪明仁惠，敬贤礼士，江东英豪都归附了他；又有六郡之地，兵精粮多，足以成就大事。我为刘将军打算，不如与孙将军结盟，共图破曹大计。"

鲁肃的建议正是刚才刘备与诸葛亮商定的方针，双方一拍即合，很是高兴。特别是诸葛亮和鲁肃，都发现对方同自己持有相同的政治见解，知音难得，从此成为好朋友。随后，刘琦守夏口，刘备驻兵樊口（今湖北鄂州），诸葛亮向刘备请命出使东吴，随鲁肃一起来见孙权。

荆州之战的胜利，加上此前的官渡之战、北征乌桓等一系列战争的胜利，使曹操骄傲起来。在他眼里，二十来岁的孙权似乎同刘琮差不多，只要吓唬一下，就会俯首投降。他派人给孙权送来一封趾高气扬、令人难堪的檄文，大大地激怒了孙权，这也为曹操以后的失败种下了祸根。事实上，曹操既不了解孙权的个性，也不了解江东的内部情况。他高兴得太早了，被胜利冲昏了头脑，最后是要付出血的代价的。

鲁肃与诸葛亮告别了刘备与刘琦，乘船顺江而下，来到了柴桑。鲁肃将诸葛亮安顿在馆驿中休息，自己急忙赶去向孙权报告。

孙权正与文臣武将们议事，见到鲁肃，劈头就问："子敬这次去江夏，探得刘备的底细如何？"鲁肃回答说："大体上探明，待我一一报告……"孙权不等鲁肃把话说完，便拿起桌案上曹操的檄文让他先看了再说。

曹操檄文的大意是说：

我奉皇帝的旨意讨伐有罪的人，军旗南指，刘琮举手投降，荆州、襄阳等地的军民纷纷归顺。而今我统帅雄兵百万、上将千员，打算与将军会猎于江夏，共同讨伐刘备，瓜分土地，永结盟好。你可不要犹豫、观望，赶快回话！

鲁肃看完檄文后，问孙权："主公的意思，打算怎么办呢？"孙权说："我还没有做决定……"旁边的张昭急忙插话："曹操拥有百万大军，打着皇帝的旗号征伐四方，名义上是不便抵抗的。主公原来可以依靠长江天险抗拒曹操，现在曹操占据了荆州，刘表的水军及数千艘战舰都归了他，水陆俱下，天险不险，其势不可抵挡。以我的看法，还是归顺曹操才是上策。"其余的文臣谋士也同声附和："子布的话，正合乎天意。"

孙权沉默不语。

张昭见孙权不表态，再次劝说："主公不必多虑，如归顺了曹操，东吴的百姓可以安居，江东六郡之地也得保全。"

孙权低头沉思，仍然不表态。

深秋的夜晚，气温较低，孙权听了张昭等人的一派投降言论，更是从心底里感到阵阵寒意袭遍全身，便推说上厕所，起身到屋外去了。

鲁肃乘机紧随其后，追到了走廊里劝说孙权。

孙权转身拉住鲁肃的手："子敬，你认为该怎么办呢？"

鲁肃面色沉重地回答说："刚才众人的议论，是要误主公大事的；我们大家都可以投降曹操，唯独将军您不能降！"

"这话怎么说？"孙权不解地问。

鲁肃又进一步劝说孙权："像我鲁肃这样的人投降曹操，既可回家赋闲，也可以做一个太守之类的官。主公若投降，曹操会怎么安排您呢？最多不过是封您一个公侯的虚名，一辆车子、几名随从而已，您还能像现在这样独霸一方、南面称王吗？刚才众人劝降的话，都是为保全自己而打算的，您可千万不能听信！还是下决心早定大计吧。"

孙权叹了一口气，说："众人之言，使我深感失望，只有你的建议，与我的看法一致，这是上苍赐给我一个子敬啊！但是——"孙权面带愁容地继续说，"曹操收编了袁绍的大批人马，最近又得荆州水陆两军，恐怕兵势太强，我们难以抵挡啊！"

鲁肃这时一一向孙权报告了去荆州的事，说是已经请来了刘备的军师诸葛亮，现住在馆驿里；主公可以问问他对当前形势的看法，也可从他那里探听到曹操的一些情况。孙权得知诸葛亮在这儿，面带笑容地说："好！卧龙先生来了，我一定要见他一面。今天太晚了，你明天带他来见我。"

举棋不定，外事不决待周瑜

    第二天早上，鲁肃到馆驿接诸葛亮来见孙权。一路上，鲁肃告诫他：见了孙权，不能说曹操兵多将广，诸葛亮点头答应。

    诸葛亮谒见孙权之前，张昭等一班主张归顺曹操的东吴文臣谋士，料定诸葛亮必然会劝说孙权抗拒曹操，于是，七嘴八舌，纷纷诘难诸葛亮，想先给他一个下马威，让他知难而退。不料，一番唇枪舌剑之后，众人不但没有难倒他，反而被正气凛然、言辞犀利的诸葛亮驳斥得瞠目结舌，无言以对。

    诸葛亮拜会孙权，见孙权碧眼紫须、仪表堂堂，自有一种王侯气度。心想：孙权不是平凡之人，恐怕得先用反话激他，然后再正面劝说。

    诸葛亮针对孙权犹豫不决的观望态度，故意夸大曹操的实力，奉劝孙权快投降："在全国大乱的情况下，将军领兵占据江东，我主刘备也屯兵荆州，与曹操争夺天下。现在曹操已经统一了北方，又占据了荆州，威震四海。我主刘备无力挡其锋芒，已败退到夏口。希望将军要量力而行：如果能以东吴之众同曹操抗衡，就应马上同他断绝关系；如果不能，就该听取众谋士的建议，趁早投降！现在将军您名义上顺从，而内心却犹豫不决，紧急关头还下不了决心，大祸可就要临头了！"

张昭等人听了这番话深感惊奇：刚才诸葛亮还在唇枪舌剑地主张抗战，怎么现在却又规劝孙权归降呢？看来诸葛亮不过是故意卖弄嘴上才学，骨子里也是个投降派。于是他们一个个面露笑容望着孙权，唯有鲁肃板着脸直摇头。

孙权被诸葛亮一番话气得满脸通红，一腔怒气油然而生，他马上反唇相讥："既然像你所说的那样，刘备为什么不投降呢？"

诸葛亮见孙权已经开始生气了，便再加一把火："我们刘将军是汉朝皇室的后代，英才盖世，天下英雄仰慕他，像江河归于大海一样。即使大事不成，也是天意，哪里能屈辱地服从曹操，拜倒在他人脚下呢？"

这下子可真正激怒了孙权，他猛然站起来，狠狠地盯着诸葛亮，随后一言不发，转身大踏步走回后堂。张昭等人也一个个笑嘻嘻地走了，剩下鲁肃有些责怪地问诸葛亮："你为什么这样说话？也太轻看我们主公了！"诸葛亮仰面大笑："你们主公度量太小了点，我早有破曹良策，但他不问我，我怎么说！"鲁肃若有所悟："我去让主公来请教。"

鲁肃进入后堂见孙权。孙权气呼呼地说："我以为你带来一位高人来帮助我，哪晓得是个徒有虚名的人！"鲁肃笑着说："我也这样责怪孔明，他反而大笑，说主公度量不大。破曹良策，他不肯轻易地献出来，主公为什么不请教于他呢？"

孙权恍然大悟，转怒为喜："原来孔明故意用反话来刺激我，我一时糊涂，差点误了大事！"连忙转身随鲁肃出来，再会诸葛亮，向他赔罪："刚才我一时没明白，失礼之处，还请卧龙先生见谅！"诸葛亮亦向孙权赔礼："刚才言语冒犯，也请孙将军原谅。"于是，孙权邀诸葛亮同进后堂，摆酒设宴款待。

酒过三巡，孙权推心置腹地对诸葛亮说："曹操平生所忌的，不过吕布、刘表、袁绍、刘备与我等几个人，现在只剩下刘备与我了；我不能让江东六郡和千万兵众受制于人，我已决心抵抗曹操了！不过，你们刘将军虽然是曹操的劲敌，但现在还有抗拒曹操的兵力吗？"

诸葛亮针对孙权心中的怀疑，分析了曹操的弱点："我主刘备虽然在长坂坡打了败仗，但仍有关羽、刘琦率领的水陆精兵两万多人。曹操远道而来，经过长途跋涉，连打数仗，兵卒已经疲惫至极，就好比强弓射出的箭，到最后，力量也会弱得连薄薄的丝绸都穿不透。况且，北方之兵不习惯水上作战。另外，荆州军民暂时归顺曹操，是迫于形势，并不是真心投降。现在，如果将军能派猛将统兵数万，和我主同心协力、联合作战，是一定能打败曹操的！曹操兵败，必然退回中原，到那时，孙、刘两家势力大增，将形成三分天下的态势。成败之机，在于今日。"

诸葛亮的一番分析，说得孙权喜不自禁："先生之言，令人顿开茅塞。我主意已定，不再讨论，即日起兵，共灭曹操！"随后，孙权将此决定传达给文武百官，并送诸葛亮回馆驿休息。

张昭等一班文臣谋士得知了孙权的决定，大惊失色，慌忙跑来见孙权，劝说不要中了诸葛亮的奸计：借东吴之兵抗曹，报刘备兵败荆州的私仇。鲁肃急忙赶来，据理反驳投降派的言论。主战与主降，双方争论不休，吵得孙权心烦意乱，犹豫不决。他只得说："你们统统先退出去，待我再仔细想想。"

　　孙权在家里，吃不下、睡不稳，徘徊不定，六神无主。他庶母吴夫人见孙权如此焦虑，便问他："什么事放在心上，吃睡不安？"

　　孙权将举棋难定的战、降之事回禀母亲。吴夫人叹了一口气，问孙权："你忘记了吗？我姐姐临终时留下的话，就是你哥哥的遗言：内事不决问张昭，外事不决问周瑜，你为什么不去问问周瑜呢？"

　　孙权如梦初醒，立即转愁为喜，赶紧派人去请周瑜来商量。

联合刘备，以抗曹操

鄱阳湖。

上千艘大小战船正在疾风巨浪中训练。

连绵的雨水夹着米粒似的冰雹纷纷降落。初冬的刺骨寒风在无边无际的湖面上呼啸着，卷起冲天巨浪，恶狠狠地拍打在大小战船上，浇得船上的士兵浑身湿透……

湖岸边，一座七丈七尺高的点将台，全部用巨大的条石砌成，无论多大的风浪，都不能撼动它一丝一毫——任凭风吹浪打，仍自岿然不动！

一身银甲白袍的周瑜，站在点将台上观看水军操练已经大半天了，仍似钉子一般，纹丝不动，只是不时简短地发出几声口令，通过传令兵，指挥大小战舰不停地变换队形、演练不同阵势。湖面上，风声、浪声、水兵的呐喊声，响成一片，阵阵传来，全身湿透的周瑜心中豪情似火，浑然不觉风急雨狂。

周瑜操练水军已好几年了。早在官渡之战后不久，他就预感到曹操统一北方后，必定要挥师南下。而以东吴的实力，自然不能与曹操相抗衡；但凭借长江天险和训练有素的水军，却可能阻止曹操大军渡江南下。因此，他只要稍有空闲，便在这鄱阳湖上亲自督促水军艰苦训练，为将来的水上大战做好充分的准备。

而今，曹操占了荆州，一场大战迫在眉睫（形容事情近在眼前，十分紧迫）。朝中大臣与主公如何决策？周瑜十分关心。这天训练结束，周瑜坐立不安，便叫来副将做了一番安排后，连夜赶回柴桑去了。

船到柴桑，已是第二天傍晚。这时孙权的信使还未出发，两边互不知情。倒是鲁肃最先得知，赶来迎接，并将目前情况报告了周瑜。周瑜安慰他说："子敬不要担心，我自有主张，你可请孔明来一叙。"

周瑜多日不曾回家，爱妻小乔及两个儿子见到周瑜，分外高兴，自有一番天伦之乐。忽报张昭、顾雍、张纮等人来访。周瑜赶到大门迎接，宾主坐定，寒暄一番。张昭等全都陈说战、降的利害关系，要周瑜力劝孙权投降曹操。周瑜回答说："我早就打算投降了，诸位先回去休息，明天早上觐见主公，自有定论。"

周瑜刚送走张昭等文臣，程普、黄盖、韩当等一班武将又来了。他们要周瑜敦促孙权兴兵抗曹，说是宁愿战死，也不肯耻辱地投降。周瑜劝他们说："我正打算与曹操决战，谁肯投降！各位将军先回去休息，我明早见了主公，自然会有定论的。"

程普等告辞而去。不一会儿，诸葛瑾、吕范等文臣，吕蒙、甘宁等武将又陆续来了。大家有的要战，有的主降，七嘴八舌，互相争论不休，吵得周瑜有些不耐烦了，把手一挥："不必多说了，明早见了主公，自有公论。"众人告辞离去，周瑜连声冷笑。

第二天清晨，吴侯孙权升堂议事。左边是文官张昭、顾雍、张纮、步骘、诸葛瑾、虞翻、庞统、陈武等三十余人，右边是武将程普、黄盖、韩当、周泰、蒋钦、潘璋、吕蒙等三十余人。文臣个个衣冠楚楚，武将个个盔明甲亮，分别肃立在两旁，鸦雀无声。孙权听说周瑜已回来了，忙叫人去请。

过了一会儿，鲁肃陪着周瑜来了。孙权见到周瑜，非常高兴，热情地慰问他："都督训练水军劳神费力，辛苦了。"周瑜回礼："主公掌管大政方针也十分不容易。"

人员到齐，依次入座，开始议事。

周瑜首先发言："近日听说曹操大军南下，屯兵于汉江之滨，并派人送来了挑战书，主公打算怎么应付呢？"孙权便将曹操的檄文（古代用于晓谕、征召、声讨等的文书，特指声讨敌人或叛逆的文书）拿给周瑜看。看完檄文，周瑜冷笑一声："曹操老贼以为我江东无人，竟敢如此侮辱我们！"

"公瑾之意如何？"孙权问。

"主公与各位大臣商量过没有？"周瑜问。

孙权叹了一口气："接连讨论好几天了，有人劝我投降，有人劝我抗战。我还没有拿定主意，所以请你回来商量，再定夺。"

周瑜又问："哪个劝主公投降？"

"张子布等都是主张投降。"孙权回答。

周瑜问坐在对面的张昭："我想请子布先生说说为什么要降？"张昭又将他多次已陈述过的投降理论说了一遍。这回周瑜不客气了："你这是迂腐胆怯的偏见！我江东自开国以来，已历经三代了，怎么一下子就放弃这大好河山呢？"

孙权插了一句，问周瑜："如果这样，有什么不降的好办

法吗？"

周瑜胸有成竹，面对孙权慷慨陈词："曹操名义上是汉朝的丞相，实际上却是奸臣贼子。而主公您雄才大略，文武兼备，凭着父亲和哥哥的基业，治理江东数千里地方，兵精粮足、英才云集，正是纵横天下，为国家除去乱臣贼子的时候，怎么反而去投降奸贼曹操呢？"

接着周瑜又分析了曹操的弱点，说出曹操这次南下，犯了许多兵家之大忌：

其一，北方并未完全平服，马超、韩遂在关西对曹操威胁很大，南下时间一长，很容易后院起火。

其二，曹军舍弃习惯的战马，登上不习惯的战船，与我们较量，这是以短击长。

其三，现在正是天寒地冻的冬天，马无草料，给养不足，怎能打仗？

其四，驱使北方平原的士兵，长途跋涉到江汉湖泊之上，水土不服，疾病丛生，战斗力势必大减。

"这些都是行军作战十分忌讳的事情，曹操却都犯了。主公您要活捉曹操，现在正是好机会！我请求带领几万精兵，进驻夏口，保证能打败他！"周瑜雄心勃勃，激动不已地向孙权请战。

孙权听了周瑜的这番分析，精神大为振奋，猛然拍案而起："曹操老贼，早就打算废除汉帝自立为王，只是怕袁绍、袁术、吕布、刘表与我起兵反对；而今诸雄皆逝，唯有我在。我与老贼誓不两立！公瑾之言，正合我意，这是老天叫你来帮助我啊！"

周瑜有意地补了一句话："我为主公血战疆场，万死不辞。只怕主公犹豫不决。"

孙权听了这句话，愣了一下，猛然拔出腰中宝剑，砍去奏案一角，厉声说："诸位将吏敢有再说投降的，就和这奏案一样！"说罢，便将宝剑赐给周瑜，当即宣布："周瑜为大都督；程普为副都督；鲁肃为赞军校尉、军师。如果文武百官有不听周瑜号令者，皆以此宝剑杀无赦。"

周瑜跪地受封，接过尚方宝剑。然后转身对文武百官说："我奉主公之命，率兵破曹，诸位明天一早到江边行营（司令部）听我命令。如有迟到误事者，按军法处置，严惩不贷！"说完，周瑜告别孙权，起身往行营而去。众文臣武将，无论是主战派，还是投降派，再无须多说，各人心情不一地散去。

调兵遣将，颇有古之名将风范

周瑜回到家后，派人请来诸葛亮，说是孙权已定抗曹大计，要商量一下孙、刘两家联合作战的有关问题。

诸葛亮问明情况后，提示周瑜：恐怕孙权心里并未完全踏实，仍在担心曹操兵力众多，自己以寡敌众；必须消除孙权心中这个疑虑，然后才能商量其他的问题。周瑜得到提醒，非常感谢诸葛亮，觉得自己今天过于激动，忽略了这一点。

周瑜连夜求见孙权，进一步分析了曹操兵力的实际情况："有些人被曹操挑战书中所说的百万大军唬住了，也不去弄清虚实，就主张投降，这实在是非常错误的。据我了解，曹操从北方带来的军队不过是十五六万，而且已经疲惫至极；其他降卒对曹操还抱有恐惧和怀疑的心理。曹操驱使这些疲劳生病的军队和三心二意的降卒来同我们作战，人数虽多，却没有什么战斗力。我只要五万精兵，就一定能打败曹操，请主公放心。"

孙权听后，十分感慨，他拍着周瑜的肩膀，亲切地说："公瑾，你说的这些话，正合我的心意。张昭这些人只考虑自己的妻子儿女，使我很失望，唯有你和子敬与我同心同德。"孙权还说："五万人一时难以调齐，但已选出精兵三万，战船、粮草和武器等都已准备好了。你和子敬、德谋领兵先行一步，我继续调拨兵马、粮草为后援。你能打败曹操，就同他决战，万一不顺利，就向我靠拢，我要与曹操决一死战。"

孙权最后的疑虑解决了，并彻底下定决心，孙、刘两家联合抗曹的大局已成定局，这对两家都是命运攸关的大事。不联盟，刘备兵微势弱、孤立无援，无法抵挡曹操大军的攻势，结局不是南逃，就是灭亡。唇亡齿寒，荆吴相依，刘备一垮，孙权失去了荆州的屏障，大本营柴桑马上就成了前线，随时可能遭到曹操水陆两军的联合进攻。另外，孙权仓促应战，准备不周，人马不足。而现在调集三万精兵加上刘备的两万人马则基本够用。两家联合，力量增强，避免了被曹操各个击破。

周瑜辞别孙权，边走边与鲁肃谈论：诸葛亮料事如神，极有才华，将来打败曹操后，孙、刘相争，他必是我们的劲敌。鲁肃建议，诸葛瑾是诸葛亮的哥哥，不妨派他招诸葛亮来东吴效力，爱惜人才的周瑜称赞这是个好主意。

第二天清晨，周瑜赶到行营，升帐发令。

巨木建构的云台高耸空中，四周兵营一览无遗。阶梯层层而上，在最高处，周瑜端坐正中，左右刀斧手肃立，众将分列两旁。周瑜以大都督的身份来发布命令：

韩当、黄盖为前部先锋，领大小战船五百艘，即日先行；

蒋钦、周泰为第二队；

凌统、潘璋为第三队；

太史慈、吕蒙为第四队；

陆逊、董袭为第五队；

吕范、朱治为四方巡警使。

水陆并进，限期到位。所到之处，一律不许惊扰百姓。有功者赏，有罪者罚；军法无情，不分亲疏。

号令完毕，诸将各回本部按令行动。

副都督程普这天未到，推说有病，派大儿子程咨代其点卯。

程普，字德谋，右北平郡土垠县（今河北丰润东）人。最早，他跟随着孙权的父亲孙坚讨伐董卓，骁勇善战，多次受伤；孙坚死后，又跟随孙策南征北战，立下赫赫战功。程普作战非常勇敢，多次冒死救援孙策。有一次，孙策攻打祖郎被包围，情况十分危险；程普带着一名骑兵保卫孙策，奋勇拼杀，浴血奋战，终于突出重围，救了孙策。此后不久，孙策论功行赏，任命他为荡寇中郎将、零陵太守。孙策死后，他又辅佐孙权，东征西讨，再立战功，是一位很有威望的大将。因为他年岁较大，资格很老，因此被人们尊称为"程公"。

程普对比他年轻很多的后起之秀周瑜，不大看在眼里；尽管后来周瑜的权力比他大，职务也比他高，他也不尊重周瑜，甚至多次对周瑜冷嘲热讽。但周瑜是个心胸开阔、豁达大度的人，以江东大局为重，对程普的"不敬"不予计较。

这次孙权任命周瑜为大都督，程普为副都督，程普并不服气：如此重大的军事行动，不任命他这样久经沙场的老将，反叫一个毛头小伙子统领，他想不通，故意不去，让儿子代替点卯。

程咨回家告诉父亲，说周公瑾早上点将派兵，令行禁止，法度森严、指挥若定、胸有成竹，颇具古代名将风范。程普大吃一惊，对儿子说："我一向以为周瑜是个文弱书生，不足以担当大将的重任；今天看他如此用兵得法，真是大将之才！我怎么能不服气呢？"于是，带着儿子到行营向周瑜赔礼道歉，请求处分。周瑜仍和往常一样对他十分恭敬，不予计较，并且虚心地向他请教有关问题。这使程普十分感动，从此对周瑜倍加尊重，两人关系也日渐融洽。后来程普不止一次对别人说："和周公瑾相处，就像喝好酒一样，不知不觉就陶醉其中了。"程普带头尊重周瑜，言听计从，其他一些资格老的将军也对周瑜口服心服了。他们两人，一个长于谋略指挥，另一个善于冲锋陷阵，他们互相配合、各展其长、军风整肃、士气振奋，为赤壁之战的胜利奠定了基础。

掠阵督战，挫动曹军锐气

长江中游。

江涛汹涌澎湃，旌旗（各种旗子）迎风招展。

数不清的大小战船在江中乘风破浪，离开了柴桑溯江而上。

在当中一艘大船上，伫立着三员大将：周瑜、程普和鲁肃。他们带领着三万多江东子弟兵向西进发，准备去抗击曹操的大军。此时此刻，眺望着长江两岸的美丽景色和江中战舰上的数万将士，一种保卫家园、浴血战场的豪情油然而生——养兵千日，用兵一时，江东父老和主公孙权托付的千斤重担就落在他们的肩上了！

不过一日，船近樊口，刘备乘船来迎接三人，并慰劳东吴大军；孙、刘两军会合，联兵西进，再到三江口扎营。刘备回到夏口，诸葛亮仍随军前进。

曹操打听到周瑜兵已到，派人送来书信。周瑜接信，一看封面上写着："汉大丞相书付周都督开拆"，怒从心起，也不拆开，几把将书信撕得粉碎，掷到曹操信使的脸上，喝令推出斩首示众。鲁肃急忙阻止："两国争战，不斩来使。"周瑜坚持："斩！"并命令将信使首级交随从带回给曹操。他随后告诉鲁肃：斩信使一来可壮军威，二来可激怒曹贼，明天曹操必然来战。当即发号施令：甘宁为先锋，韩当为左翼（作战时在正面部队左侧的部队），蒋钦为右翼（作战时在正面部队右侧的部队），周瑜自己率领其余将领兵士接应。来日四更做饭，五更开船，刀、枪、炮、石等战斗器械全部准备妥当；交战时必须人人奋勇向前，凡临战怯阵者，斩无赦！

曹操闻报书信被撕、信使被杀，不禁勃然大怒，立即叫来蔡瑁、张允等人率领荆州水军为前部，自己亲领大军为后援，第二天清早开船去攻周瑜。

第二天，风平浪静，曹操大军乘船顺流直下。走不多远，就见前方江面上大小船只依阵势摆开，旌旗招展中，一员大将坐在中间船头上大叫："我是大将甘宁，谁敢与我决一死战，就请上前来送死！"

蔡瑁闻言大怒，便令弟弟蔡壎上前接战。战鼓声中，蔡壎大声呼喊："我是大将蔡壎！"甘宁也不答话，只催战船快进。看看距离已近，便悄悄地摸出一支箭来，拉开了就射。箭不虚发，蔡壎应声而倒。甘宁一声令下，万箭齐发，炮石如雨，蔡瑁军队不能抵挡，一时形势大乱。蔡瑁部下都是原荆州刘表的水兵，虽投降了曹操，临阵却不肯死战，胡乱应付一下便往后退去，反把后队曹操大军的阵势给冲乱了。

甘宁见对方阵势混乱，忙把令旗一摆，横队变成纵队，他与蒋钦、韩当各率一队战船，像三把尖刀，直向曹操大军的纵深

插去。旌旗招展，以一当十，直杀得曹操大军首尾难顾，争相逃命。曹操的军士多是北方人，又未经训练，一上了这摇摇晃晃的战船，就头晕眼花、呕吐不止，不要说拼死战斗，连站都站不稳，被江东战船一冲，纷纷落水，又不会游泳，绝大多数都沉到江底喂鱼虾去了。

再说甘宁水军虽勇，毕竟人少船小，渐渐地被曹操的大批战船包围，眼看有些支撑不住了。此时，周瑜率后队大批战船及时赶到，冲破曹军的包围，救出甘宁等人后，合兵一处，再向曹操乘坐的指挥大船奋力冲去。两军从早晨战到下午，曹军中箭者、炮伤者、落水者不计其数，终于支撑不住了，只好撤退。英勇善

战的周瑜水军，虽然获得大胜，但毕竟人数太少，士卒也已经筋疲力尽，稍追了一程，便鸣金收兵。

曹操初战失利，退到江北乌林，重整人马，准备再战。曹操叫来蔡瑁、张允训斥道："东吴兵少，你们兵多，怎么反而打了败仗？怕是你们不肯尽力死战吧！今天暂免一死，以后再这样，按军法严惩！"蔡瑁辩解说："荆州水军久未训练，北方兵又不能水战，见到东吴的战船就慌乱害怕。现在，必须安下水寨，叫荆州水军在周边防卫警戒，让北方士兵在寨内训练，待训练之后，才能实战。"曹操同意："你是水军都督，可自行安排，何必烦我。"

蔡瑁、张允指挥水军沿岸建构水寨，用巨木搭成水门，以大船停泊于外作为寨墙，小船停于寨内，既可交通往来，也可用于训练。每到夜晚点燃火把，照得水面上下通红，远望一片灯火通

明。曹操在岸上扎旱寨连绵三百余里，搬运粮草的车马，首尾相连，昼夜不停。

周瑜初战大捷，进军至乌林对岸的赤壁，与曹操大军隔江对峙。他一面派人向孙权报捷，一面论功行赏：甘宁为第一功，韩当、蒋钦次之，其余也都各有奖赏。

地势险要的赤壁山突兀临江，气势磅礴，激浪飞溅崖壁，有如雷鸣，是个易守难攻的兵家必争之地。诸事完毕，周瑜趁夜登上山巅眺望：远远看见隔江一片通红，火光接天连地，犹如一条无比巨大的火龙伴着长江飞舞。他惊讶之下，问清那就是曹操军营，不免心中暗暗吃惊，想不到曹操的兵势如此强盛。

周瑜下得山来，那一片通红的火光总在脑海里盘旋。他放心不下，立即带着鲁肃、黄盖等八员大将及精悍的士卒，登上一艘大战船，连夜去查看曹营的情况。船上带了锣鼓乐器及乐工，又用青布将船两边蒙上，远看与夜色融为一体。

船悄悄地驶到距曹营不远处，周瑜令水兵下锚泊定，自己一边与鲁肃等喝酒解令，一边观看曹营。周瑜越看心里越是吃惊：曹操水寨坚固似城，布置深得水军之妙，便问曹操的水军都督是什么人，有人告诉他是蔡瑁、张允二人。"难怪！"周瑜说，"这二人土生土长，非常熟悉水军战法；我必须用计先除掉这两个人，然后才能打败曹操！"

过了一会儿，周瑜令乐手敲锣打鼓，故意惊动曹营，好看他们如何行动。锣鼓齐响，惊动了曹营水寨的巡逻士兵，慌忙报告曹操，曹操下令派船出击。这边周瑜见曹营旗号升起、水寨门打开，有大小战船冲了出来，便下令起锚返航。周瑜战船顺流而下，疾驶如飞，曹军追赶不及，只得作罢。

巧施反间计，借刀杀人

• • • •

第二天早晨。

曹操大营。百余名谋士、武将恭立两边，曹操居中面南而坐，升帐与众人议事。

曹操看了一眼文武官员后，说："昨天输了一阵，挫我锐气；现又被周瑜偷看我水寨，诸位有何妙计破敌？"话未说完，帐下一人出列报告："我从小与周瑜是同学，亲如兄弟，交情深厚；愿意凭我这三寸不烂之舌，前往江东说服周瑜投降，共同捉拿刘备。"曹操闻言大喜，仔细一看——原来是蒋干。

蒋干，字子翼，现为曹操的幕宾。曹操听蒋干说得如此轻松，不太相信，便问："子翼先生果真与周公瑾交情深厚？"蒋干回答："丞相放心，我到江东，必然成功；而且我什么都不带，只要一艘小船，一名书童就行了。"

听蒋干说得这样肯定，曹操大为高兴，令人摆酒设宴，亲自

为蒋干饯行。

　　蒋干布袍葛巾，一副清贫的书生打扮，坐一艘小船来到赤壁。船一靠岸，就被一群东吴的士兵围住了。蒋干不慌不忙，昂头高声地说："快去报告你们的大都督周公瑾，就说是老朋友蒋干专程来看望他！"士兵们也搞不清蒋干是什么来路，一边派人跟着他，一边跑到大都督营帐报告。

　　周瑜正在营中与诸将商讨军情，接报蒋干来访，先是有些惊讶，随即放声大笑，对众位将军说："说客来了！"然后吩咐众将如此这般，众将笑着点头，应命而去。周瑜带领数百随从，衣甲鲜明，前呼后拥的出营去迎接蒋干。

　　蒋干带着一名青衣书童，昂首阔步而来。周瑜令随从排列两旁，夹道欢迎，自己疾步向前迎接蒋干。一番寒暄之后，周瑜先发制人，板着脸说："子翼兄，何必用心良苦，远涉江湖，来为曹操做说客呢？"蒋干想不到周瑜先道破他来的用意，一时无言以对，尴尬半天才分辩说："我与公瑾阔别多年，近来听说你威镇江东，所以专门来看望你，叙叙别后之情，你怎么能疑心我是来做说客的呢？既然你这样看待老朋友，我还是就此告辞吧！"周瑜见蒋干装模作样转身就走的样子，忙拉住他的手，笑着说："是我多心了，既然不是说客，又何必马上就走呢？"于是，二人手拉手，一副老朋友久别重逢的样子。来到周瑜的营帐，分宾主坐定。周瑜令手下大将都来作陪，吩咐摆设酒席，款待老朋友。

　　红灯高挂，灯火通明。诸将依次入座，周瑜一一介绍给坐在主宾席上的蒋干，然后对众将说："子翼是我的同窗好友，今天久别重逢；虽然是从江北来的，却不是曹操的说客，大家不要疑心！"接着又解下身上孙权所赐的宝剑，交给太史慈，请他做监酒令，并说："今日酒席上，只叙友情，不管是谁，但有提起曹

操与东吴打仗之事，立即斩首！"太史慈领命，手握尚方宝剑，高坐于监酒席上。蒋干听到周瑜如此安排，坐立不安，但也无法可想。

周瑜满面春风，说："我自带兵出征以来，滴酒不沾；今日为老朋友接风，破例开戒。大家开怀畅饮，一醉方休。"戒酒令一破，众将一个个轮番向周瑜和蒋干敬酒。蒋干心中有事，不肯多喝，只是象征性地喝一点意思意思；周瑜则是来者不拒，杯杯见底，开怀痛饮。其余众将之间也互相敬酒，你来我往，一个个喝得面红耳赤，兴高采烈。

酒过三巡，座上之人除蒋干外，似乎人人都有醉意。周瑜更是喝得满面红光，话都说得不太流利了。他拉着蒋干的手，来到营帐外边，到处乱转。这天，周瑜兵营人人全副武装，衣着鲜亮；到处灯火通明，犹如白昼。周瑜一会儿问蒋干，自己的部下是不是威武雄壮；一会儿带蒋干看堆积如山的粮草，说自己兵精粮足；一会儿又去看崭新的刀枪大炮……

看罢兵营，周瑜自豪地对蒋干说："想当初与你同学少年的时候，不曾想过还有今天！"蒋干只好夸周瑜从小聪明，文武全才。周瑜一股酒气喷到蒋干的脸上，面对着他说："大丈夫处世，遇到信任我的知己，名义上是君臣之分，骨子里亲如兄弟，孙将军对我言听计从，有福共享，有难同当！我还有什么不满足的？即使古代苏秦、张仪等这些著名的说客来，口似悬河、巧舌如簧，把死人说活，也不能说动我的铁石之心！更何况现在的那些'名士'们，一个个都是些只会死读书、读死书的先生，若想为曹操来做说客，那真是异想天开！"说罢，放声大笑。蒋干惊得面如土色，却又不得不强作笑颜地附和。

两人重回营帐，继续喝酒。周瑜又连干数杯，指着众将对蒋干说："这些都是江东的英雄豪杰，今天的聚会，真称得上是

'群英会'啊！"说着，周瑜的豪情又发，起身拉着蒋干的手，走到营帐中间，拔出腰中的佩剑，舞起了醉剑，边舞边唱，众将拍手应和：

> 大丈夫处世啊，立功名。
>
> 功名既立啊，王业成。
>
> 王业成啊，四海清。
>
> 四海清啊，天下太平。
>
> 天下太平啊，我将醉。
>
> 我将醉啊，舞利剑。
>
> ……

周瑜歌声慷慨激昂，满座人人喜笑颜开。唯独蒋干面如死灰、肝肠寸断。周瑜舞剑，醉态可掬，却有意无意之间，剑剑不离蒋干，不时还有些惊险动作，吓得蒋干东躲西藏，胆战心惊，也不知周瑜是真醉还是假醉！

时已深夜，蒋干告饶："我实在不能再喝了！"周瑜东倒西歪地走来，拖着蒋干就走："多少年不见的同学，今天我们彻夜长谈吧！"两人同入卧室，周瑜还未脱去外衣，就醉倒在床上。

周瑜鼾声如雷，蒋干如何睡得着？前思后想：已在曹丞相面前夸下海口，回去怎么交代？听听帐外鼓打三更，看看房里残烛未灭，周瑜醉得像死猪一样。蒋干便爬起来四面观看，心想能不能看到一点军事机密，回去也好向丞相交代。

蒋干蹑手蹑脚地走到周瑜办公的桌案前，悄悄地偷看。忽见

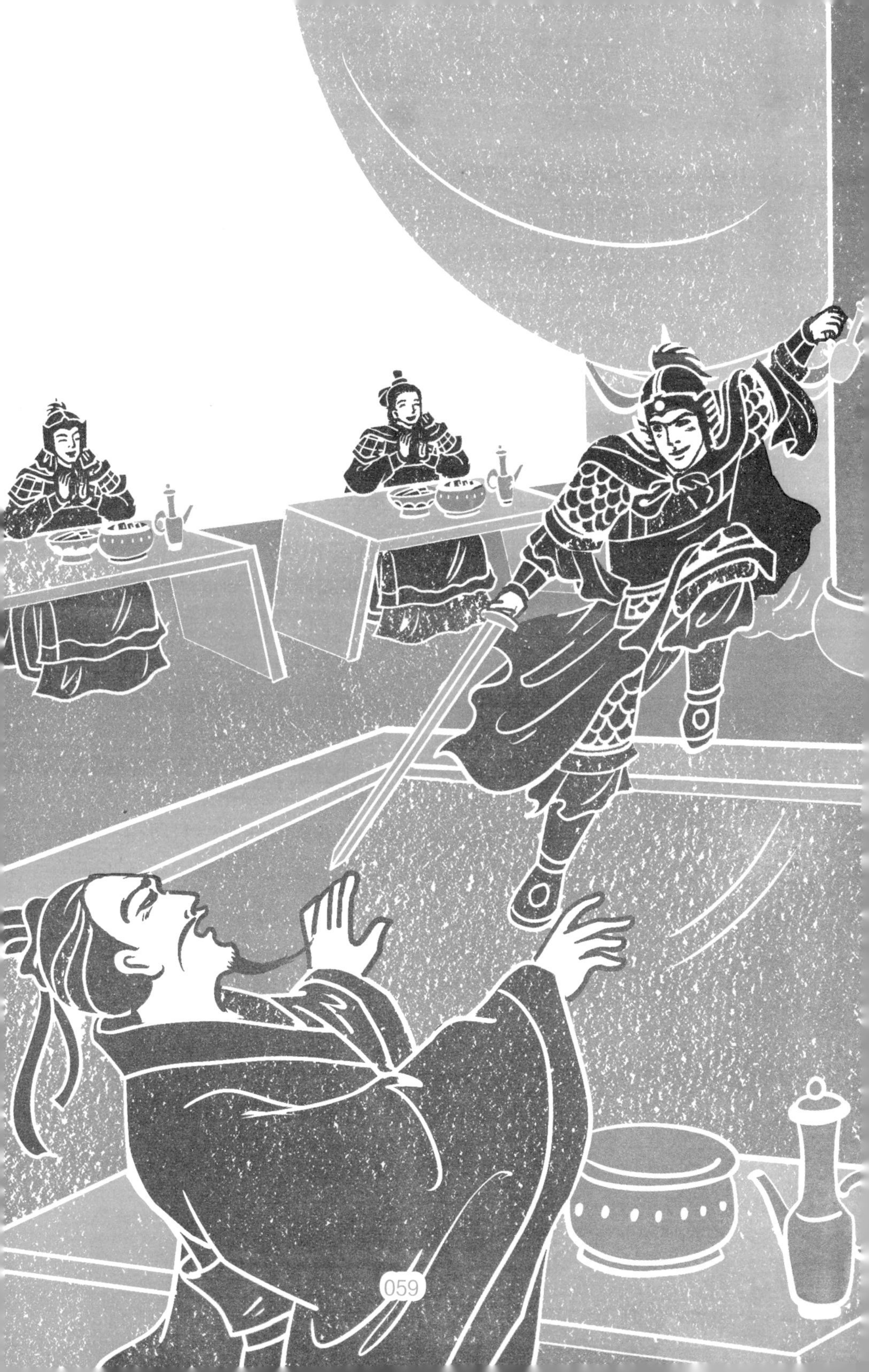

其中一封信的落款是"蔡瑁、张允谨封"，蒋干大吃一惊，回头看看周瑜仍在酣睡，赶快掏出信来看。信中大意是说：他们投降曹操是迫不得已，人在曹营心在汉，有机会便会刺杀曹操，过江来投东吴等等。蒋干心想，原来这二人暗通周瑜，这下我可立了大功了！便将信暗藏于衣服里边。

蒋干正要再翻书信，忽然周瑜翻身，便急忙吹了灯上床睡觉，只听周瑜口中含含糊糊地说："子翼，过两天请你看曹操的首级！"蒋干以为周瑜醒了，吓出一身冷汗；他正想如何应付，周瑜又含含糊糊地说了两遍，原来是在说梦话。

紧张了一天，蒋干很疲倦了，迷迷糊糊地，却又不敢放心大睡。大约四更天的时候，有人进来叫起周瑜。周瑜从睡梦中惊醒，看见床上睡了一个人，有些惊讶地问："什么人睡在我的床上？"来人回答说："昨夜都督请子翼先生共榻，怎么忘了？"周瑜很是后悔地说："我从来没有喝醉过，昨天大醉后，也不知说了些什么？"来人说："江北派人来了。"周瑜连忙叫他低声，又转过身来喊蒋干，蒋干不答应，只装睡熟了。

周瑜将来人带到门外说话，蒋干侧着耳朵偷听。只听得一句"蔡、张二都督说一时找不到下手的机会……"后面的话就听不清楚了，反正是与蔡、张二人有关，蒋干心中更有底了。

一会儿，周瑜说完话，又回到房间，轻轻地喊蒋干："子翼，子翼。"蒋干不出声，仍装着睡着了。周瑜倒身再睡，一会儿又鼾声大作。蒋干见周瑜又睡着了，心里在盘算：他是个精细之人，明天早上要是发现信不见了，我必然是走不掉的……

看看天就要亮了，蒋干轻轻地喊："公瑾，公瑾。"周瑜不答应，大概是睡熟了。于是，蒋干穿戴好衣帽，悄悄走出来，叫上书童，一同出营，往江北走去。

走到军营大门，守门军士拦住二人问："先生要到哪里去？"蒋干回答说是周都督公务繁忙，陪着我会误了军机大事，因此暂时离去，待都督闲一点儿的时候再来拜访。守门军士见他说得有理，便放二人出营。

走到江边，见来时的小船仍在，两位船工在舱中呼呼大睡，周围竟然没有士兵看守。蒋干大喜，急忙唤醒船工，开船离岸，往江北曹营赶去。

兵不厌诈，谋略高人一筹

江风猎猎，衣袖翻飞。

蒋干顶着刺骨的寒风立于船头，胸中却心潮澎湃、热血沸腾——这次过江之行，虽然没能说动周瑜投降，却探得了一件事关曹营安危的天大机密，为丞相消除了隐患，将来功劳簿上肯定是第一功！

不等船靠稳，蒋干就跳上岸，连走带跑直奔曹操营帐而去。

曹操正在用早饭，见蒋干气喘吁吁地闯进营帐，以为他必有所得，便放下碗筷急问："你把事办成了？"蒋干喘了一口气，定了定神说："周瑜心铁如石，说不动他。"曹操心里很恼火，对蒋干没有好脸色："事又不成，反而被他们耻笑了！"

蒋干一脸掩不住的笑意："虽然没能说动周瑜，但我却为丞相探得一件天大的机密！"说着，颇为得意地看着一旁的侍卫，"让他们回避一下。"然后呈上从周瑜那里偷来的信，并将有关情况叙述了一遍。

曹操心里本来就不痛快，看了信犹如火上浇油，不禁勃然大怒："二贼如此无理！"立即派人叫来蔡瑁、张允，劈头就问："水军可以出战了吧？"蔡瑁回答："水军还没有训练好，不能轻易出战。"曹操怒火万丈："等你们练好了，我的头也送给周瑜了！"蔡、张二人据实禀报，不知曹操为什么大发雷霆，一时吓得张嘴结舌，说不出话来。

蔡瑁、张允二人原是荆州降将，曹操本来就不大信任，上次水战失利，曹操就有怪罪之意，只是一时找不到合适的人替代，才暂且让二人留任。今见二人无言分辩，以为是被自己揭穿了阴谋之后，无话可说。怒气冲天之时，曹操也不往深处多想了，大手一挥，喝令刽子手推出去斩首。

推出二人之后，曹操的怒气仍未平息，气呼呼地在营帐中来回踱步。蒋干却得意万分，心想这下子丞相该大大地奖赏我一番，便笑嘻嘻地走上前说："丞相……"曹操转身看着蒋干这张得意的笑脸，猛然醒悟，狠狠地瞪了他一眼，赶快派人去阻止刽子手（旧时执行死刑的人），可惜，迟了一步，两颗人头已经落地。蔡、张二人就这样稀里糊涂地丧命于刀下。

杀了蔡瑁、张允，全营震动。大家不知道发生了什么事，都急忙来问缘故。曹操心里懊悔不已，中了周瑜的反间计了。但他表面上却不肯认错，对众将说："这二人怠慢军法，已经好久了，所以从严惩处。"众人不知道前因后果，只是感叹再也找不到精通水军战法的水军都督了。曹操环视众将——个个都是北方人，不识水性的旱鸭子；无奈之下，只好选了性格比较沉稳的两位将领——毛玠（jiè）、于禁担任正、副水军都督。

消息传到江东，周瑜大喜过望：我最忌惮的就是精通水战

的蔡瑁、张允，因此略施小计，借曹操的手杀了二人，我再也不用担心他们的水军了！周瑜此计，瞒过了曹操，也瞒过了部下诸将；唯有鲁肃和程普二人知道，于是，三人以茶代酒，悄悄设宴庆贺。

不料，诸葛亮突然前来拜访，说是庆贺周都督妙计成功。周瑜大惊失色，心里是又喜又惊：喜的是诸葛亮也不得不称赞自己的反间妙计；惊的是诸葛亮将来必是自己的劲敌。前些日子派诸葛瑾劝其来东吴效力，毫无效果，以后还得想个法子留下他。强敌当前，今天还是商量一下破曹的大计吧。

周瑜等人与诸葛亮客气一番后，话入正题："昨日我主派人来催问何日可以破曹，我正要去请教卧龙先生呢。"诸葛亮谦虚地说："我是平庸之人，都督是江东英杰，怎么反来请教我呢？不敢当！不敢当！"周瑜又客气一番，然后说："我前日观看曹营水寨，深得兵法之要，不能强攻硬打。虽然想用一计，但心中无底，想与您讨论一下……"不等周瑜话说完，诸葛亮连忙摇手制止："都督暂不要说出，我们每人写在手上，看看是不是想的一样。"

两人各在手掌心上写下一字。周瑜写得快，先伸出手来——掌中写了一个洒脱不羁的"火"字；再看诸葛亮伸出的手掌上，也是一个"火"字，却写得一丝不苟。两人想到一块儿，不由得拍手大笑，鲁肃与程普也十分高兴。笑语声中，四人边喝边谈，一起商量军机大事。

曹操中计，错杀了蔡、张二人，又不肯认错，只好在心中生闷气，想尽办法要报复周瑜一下。谋士荀攸跟随曹操征战多年，比较了解他的个性，便单独一人进帐，向闷闷不乐的曹操提了一个建议：一江之隔，消息难通；不如派两人去周瑜那里，名义是投降，骨子里是为了传递情报，然后再有的放矢地谋划。曹操长

叹了一口气说："我也想到了这个办法，只是，派谁去合适呢？"荀攸凑到曹操耳边，悄悄地耳语一番。曹操连连点头，情绪上开朗了许多。

商定了火攻大计，周瑜调兵遣将，紧张地做着准备工作，日夜操劳，忙得不可开交。忽然，部下来报告：江北蔡瑁的族弟蔡中、蔡和带领五百士兵和十几艘小船来投。周瑜听完报道后一愣，忙问道："带家眷没有？"回答说是没见到有妇女小孩。周瑜喜不自禁，连声说："快带来见我！快带来见我！"

蔡中、蔡和披麻戴孝，见了周瑜倒头便拜，哭着说："我哥哥无罪被杀，我们要报仇雪恨，特来投靠，望大都督录用，愿为前部先锋。"周瑜慰问一番，重金奖赏，并封为上将军，与早先也是刘表部下的甘宁同为前部先锋。蔡中、蔡和拜谢了周瑜，随甘宁一同离去。他俩心中暗暗得意：周瑜中了丞相的妙计了。

当天晚上，周瑜找了个机会悄悄叫来甘宁，告诉他说：蔡氏兄弟并非真的投降，只不过是曹操派来的内应你要装作不知道，切不能阻止。甘宁一时摸不着头脑，问周瑜是什么意思，周瑜再解释一番："这二人没有带着妻子儿女来，肯定是诈降。我将计就计，利用他们通风报信。你表面上要对他们信任有加，暗地里要严密监视他们的行动，不能误我大事！到时候我要杀他们二人祭旗。"

苦肉之计，将帅一心抗曹操
• • • •

甘宁走后不久，黄盖悄悄地来了。

黄盖，字公覆，是一位资历、战功都与程普不相上下的老将军。他久经沙场，战斗经验非常丰富。周瑜对他一向十分尊重，今见他深夜来见，必然是有重要的军机大事。周瑜笑脸相迎，言辞恳切："黄老将军深夜来访，肯定是想到了破敌的好办法。"

无须客套，黄盖直接说明来意："现在是曹军人马多，我们人马少，如果长期对峙，对我们很不利；必须赶快想办法破敌，我以为可以用火攻的办法打败曹操！"周瑜心中一惊，问："是哪个人与你商量出这个办法的？"黄盖回答说："这是我自己想的，并没有与谁商量过。"

望着这位智勇双全、忠心耿耿的部下，周瑜很是感动，也就推心置腹（把自己的心放在对方的肚子里，形容待人真诚）地告诉他："我也想用火攻，所以留下诈降的蔡中、蔡和来传递消息。

067

可是，"周瑜迟疑了一下，"长江水面宽阔，带火的箭射不到对方，得有办法靠近曹军，才能用火攻之计啊！"

黄盖想了一下，向周瑜建议："都督，带火的箭射不远，那就用一些小船，装上芦苇干柴，点着后成为火船；用它代替火箭直冲曹营水寨，应该是能够成功的。"

"这个，我也想过。但火船必须靠近曹营才能生效。而他们在上游，我们在下游，相距很远；火船无人驾驶时，被江水一冲，反而会到下游来。再说，曹营老远看到火船，就算拼着损失几艘大船，拦江挡住火船，就保住了整个水寨。恐怕还要想个办法……"周瑜虽为人宽容潇洒，但考虑军机大事，却周密细致，不苟言笑。

周瑜话没说完就打住了，望着白发苍苍的老将军，不忍心让他去冒险行计。

黄盖低着头边听边想，没有注意周瑜的表情。他沉思了一会儿，抬起头来，对着周瑜的耳朵轻轻地说出了他的想法。

"唔，唔，"周瑜边听边笑着点头，又是高兴，又是担心，"老将军，这可是天大的风险啊！你……"周瑜没有说完的话里有多重含义：一是顾虑黄盖年事已高，经不起折腾；二是事关战役成败的大局，担负着孙权和江东父老的重托，担子实在是太重；万一有闪失，后果不堪设想！

黄盖完全明白这件事的分量，但他还是十分坚决地请求："都督，我是东吴的老将，自跟随破虏将军（孙坚）至今，已历三代。我年岁已高，报国的时间不多了，风险再大，我也义不容辞；即使肝脑涂地，绝无半句怨言，请都督尽管放心吧！"

恳切的面容，如雪的白发，周瑜望着冒死请命的老将军，禁不住热泪盈眶，感动万分。他强忍住眼中的泪水，拉住黄盖的

手，哽咽地说："老将军肯冒此大险，是我主和江东百万军民的大幸，我还有什么不放心的呢？"

第二天，军鼓声声，众将云集于帐下，分班排列，周瑜召开大会。周瑜对众将说："曹操百万大军，连营三百余里，不是一下子就能打败的。今日拨给各位将军三个月的粮草，准备长期作战。"

话音未落，老将黄盖上前说："敌众我寡，莫说是三个月，即便是拨三十个月粮草，也破不了曹操！大都督至今没有破敌之策，只会空耗时间，劳民伤财；我看不如听张长史的话，投降曹操才是上策！"

不等黄盖的话说完，周瑜脸色突变，拍案痛斥道："我奉吴侯之命，领兵破曹，敢说投降者杀。现两军对垒之际，你身为先锋大将，竟敢以投降之言动摇军心，我不杀你，何以服众！"喝令左右将黄盖推出营门斩首。

周瑜一声令下，几位执刑官上前将黄盖五花大绑，扭往营门外。黄盖一边挣扎，一边回头对着周瑜怒吼："我自跟随破虏将军，纵横东南，至今已历三代，你那时在哪里？"周瑜见黄盖倚老卖老，怒气更盛，喝令执刑官速速将其推出营门斩首。

众将有心为黄盖求情，又怕周瑜盛怒之下执法更严，连自己也白白赔了进去，因此一时无人敢出言劝阻。唯有先锋甘宁敢于上前求情："公覆乃东吴老将，还请都督念他出生入死屡立战功，给予宽恕。"周瑜不但不听，反而呵斥甘宁："你怎敢多嘴，乱我军法！"命令执行官将甘宁乱棍打出营门。

众将官见周瑜火气太大，不劝阻一下，黄盖立即就要身首分离了，便互相递了一个眼色，大家一起跪下求情："黄盖虽犯死罪，但现在杀他于军心不利，还请都督宽恕一下，暂且不杀，等

破曹之后，再来问罪。"周瑜怒气未消，哪里肯听！无奈众将官跪地不起，苦苦哀求。身为都督，也不能过分严厉，还得给大家一点面子。于是，他指着黄盖说："若不是看大家的面子，定会砍下你的狗头！今天且暂缓执行。"随即喝令执行官将黄盖重重地打上一百军棍。

众将官见周瑜让步，于是继续求情，说是黄盖年老体弱，恳请都督免了一百军棍。周瑜这回再不肯给面子了，满脸怒气，一掌推翻了面前的桌案，喝令立即动刑。执行官将黄盖拖翻在地，剥去上衣，对准赤裸裸的脊背，狠狠地打了起来。

大约打了五十军棍时，众将官见黄盖咬牙切齿，痛得满头大汗，浑身鲜血淋漓，实在看不下去了，又苦苦哀求都督暂免余下的五十军棍，以后再补。周瑜也怕真的打死了黄盖，便顺水推舟，指着黄盖说："你还敢小看我吗？暂记下五十军棍，再有差错，一并算账！"说完，便怒气冲冲地转回自己的营帐。

众人扶起黄盖，见这位白发苍苍的老将军被打得皮开肉绽，血流如注，整个脊背上没有一块好肉，几次痛得昏了过去。大家七手八脚将黄盖抬回营帐，请来军医抢救。

众将官将黄盖安顿好后，慰问有加，然后也陆续回了自己的营帐。参军鲁肃也来慰问一番，随后来到诸葛亮的营帐。

鲁肃问诸葛亮："今天公瑾怒责公覆，我身为下属，不便硬劝；你是客人，不受管辖，为什么却一言不发，袖手旁观呢？"诸葛亮哈哈大笑："子敬欺我是外人，今天公瑾打公覆，是要用苦肉计来瞒过曹操，以便公覆诈降，我要劝，不是反而坏了公瑾的妙计吗？"鲁肃心中一惊，看来诸葛亮果然非同一般，此事不便对公瑾说了，大敌当前，以和为贵。

黄盖在帐中养伤，疼痛难忍，无论谁来慰问，都一语不发，

只是长吁短叹。

夜深了，来探望的人都已走了。

忽报阚泽来探视，黄盖连叫请入，并令手下人回避。

阚泽问黄盖："将军莫非与都督有仇？""没有。""那你这次挨打，恐怕就是苦肉计了！"阚泽说。"你怎么知道这是苦肉计？"黄盖反问一句。阚泽回答说："我看公瑾的举动，已猜到八九分。"

黄盖挣扎着要爬起来，谁知一动，伤口裂开，痛得龇牙咧嘴，阚泽赶忙上前扶了一把。黄盖好不容易坐稳，气喘吁吁地说："我受了吴侯三世厚恩，无以报答，所以献此苦肉计破曹。我虽然吃了大苦，心中毫无怨恨。只是遍观军中，无一人可为心腹。唯有你素有忠义之心，所以直言相告。"阚泽笑着说："你告诉我，无非是要我献诈降书。"黄盖费劲地拱拱手，说："对，就是这个意思，不知你肯冒这个风险吗？"

阚泽，字德润，会稽山阴（今浙江绍兴）人。他出身贫穷，自幼为人帮工。阚泽从小勤奋好学，无钱买书，只得借人家的书来读，但他读书过目不忘，为人很有胆量，口才又极好，能言善辩。他面对黄盖的重托，欣然答应："大丈夫在世，不能建功立业，怎么甘心与草木一同腐朽！你既已献身报国，我又何惜这血肉之躯呢？"黄盖闻言激动不已，一使劲，滚下床来，跪地拜谢；阚泽连忙扶起黄盖，并说事不宜迟，要越快越好。黄盖拿出早就写好的书信，阚泽接过来，转身就走。

以身犯险，江东多英豪
····

江风凛冽，寒星满天。

阚泽扮作渔翁，连夜驾一艘小船，渡江北去。

三更之后，阚泽到达江北，被巡江的曹营士兵发现。阚泽并不慌张，只说自己是东吴参谋阚泽，有军机大事要禀报丞相，速与通报。

曹操睡梦中接到报告，问清只有阚泽一个人，又没有带武器，便叫来相见。

时正黎明前的暗夜，曹操正襟危坐，营帐中灯火通明，见了阚泽开口便问："我听说你是东吴的参谋，深夜到此，有何贵干？"阚泽不予正面回答，只是自言自语地说："人们说曹丞相求贤若渴，看来是徒有虚名。黄公覆，你打错主意了！"说完，又重复了一遍。曹操辩解说："我与东吴马上就要大战，你半夜前来，我怎能不问？"

阚泽这才正面回答："黄公覆是东吴的三代老将，今天被周瑜无缘无故地毒打一顿，一腔怒气，无处可出，秘密地和我商量报复之计。我与公覆情同骨肉，也想不出别的办法，所以半夜前来送密信，想归顺朝廷，不知丞相肯不肯收留我们？"

曹操也不多问，只把手一伸："信在哪里？"阚泽从贴身胸衣中掏出密信，双手递上。

曹操顺手拆开书信，拿到灯下细看。信中大意是说：黄盖在东吴多年，深受孙氏大恩，担任将帅之职，待遇不薄，理应忠心效力。但是，从天下大势看来，以江东六郡的微弱兵力，抗拒中原的百万雄兵，众寡悬殊，这是人人都能看得清的。江东的文臣武将，无论是聪明人还是笨人，都知道无法抵抗丞相的大军；唯独周瑜和鲁肃，浅薄褊狭、不明大势，偏要以卵击石。他们自负无能、作威作福，却又治军无方，有功不赏、无罪受刑。所以黄盖应天顺命，真心实意地归降丞相，愿在双方交锋之际，利用担任先锋大将的便利见机行事，与丞相合力打败周瑜之军，报效朝廷。

曹操把信翻来覆去地看了十来遍，边看边想：信倒是写得合情合理，但兵不厌诈，不可不防，还是再试探一下吧。于是他忽然一拍案桌，满脸怒容地问阚泽："黄盖用苦肉计，叫你来下诈降书，你好大的胆，竟敢到我这里玩阴谋诡计！"接着命卫士将阚泽拿下，推出营门斩首。

阚泽被拿，却面不改色，一路仰天大笑。曹操派人追回，喝问："我已识破你们的奸计，你死到临头，怎么还敢大笑？"阚泽回答："我不笑你，我笑黄公覆不识人。"曹操又问："怎么不识人？"阚泽把头一昂，"要杀便杀，何必多问！"

曹操一声冷笑："我从小就熟读兵书，深知各种奸伪之术：你

们这条小计，只能瞒瞒别人，怎能瞒得过我！"阚泽冷笑一声，反问曹操："你说说看，信里哪有奸诈之处？"曹操得意地把手一指，"我说出你们的破绽，叫你死而无怨；你既是真心来降，为什么不明确约定时间，这你还能狡辩吗？"

阚泽见曹操如此说法，忍不住放声大笑，说："你不惶恐，还敢自夸从小熟读兵书！赶快收兵回家吧！真要打仗，你必被周瑜活捉！不学无术之辈，只可惜我屈死你手！"曹操见他又一次大笑，心里有些发懵，更要问个明白："你凭什么说我不学无术？"

"你不识机谋，不明道理，难道不是不学无术吗？"阚泽面带讥笑地说。曹操也不生气，反而很有兴趣地反问："你且说说看，我哪儿不对？"并叫手下人放开了阚泽。

阚泽并没有马上回答，先活动活动麻木的手脚，然后摆出一副视死如归的样子："你连起码的待客之礼都没有，我又何必多说，反正都得死！"

"你若说得有道理，我自然敬服！"曹操打破砂锅问到底，他可不肯就稀里糊涂杀了阚泽。

看看火候已到，阚泽不慌不忙一一道来："你没听说过'背主作窃，不可定期'？如果约定了日期，到时急切下不得手，你这里又来接应，岂不泄露秘密！只能见机行事。你不明此理，反而要杀好人，真正是不学无术！"

曹操是个聪明人，一点便通，立即上前致礼并道歉："刚才我不明事理，误犯尊威，请不要记在心上。"阚泽连忙还礼："我与黄公覆真心真意来投降，就像婴儿盼望母亲一样，哪里会有假呢？"曹操很是高兴："如果你二人能立此大功，将来必定高官厚禄，位在诸人之上！"阚泽不以为然："我等不是为官位钱财

而来，实在是顺天应人而已。"

曹操吩咐设宴招待阚泽。

一会儿，有人进来，附在曹操耳边小声说了一句什么。曹操把手一伸："把信拿来。"来人递上密封的书信。看完信，曹操沉思不语，却满脸抑制不住的笑意。阚泽心想：肯定是蔡中、蔡和来信通报消息，曹操证实了我说的不假，所以高兴。

曹操想了好一会儿，然后对阚泽说："麻烦先生再回江东，与黄公覆商定合适时间，并通知我一声，这边好派兵接应。"阚泽不肯，说是不便再回江东，请丞相另派人去。曹操坚持要他去，说另外派人必然暴露。阚泽再三推辞，最后只得答应。

曹操送给阚泽许多金银珠宝，阚泽一概不要。他说既要回去，就得快走，迟了怕暴露秘密，说完立即告别曹操，飞奔上船，重回江东。

阚泽回到江东，悄悄地先见过周瑜，将事情经过详细禀报（向上级或长辈报告）。周瑜嘱咐他依计而行。然后，阚泽再到黄盖营中，密谈一番，便往甘宁处而去。

甘宁正与蔡中、蔡和在饮酒，见到阚泽，客气一番，同入酒席，问他："先生来此，有何指教？"阚泽微微一笑："别无他事，来看看黄将军的棍伤是否好些了？"甘宁会意，咬牙切齿地说："只他有本事，一点不把我们放在眼里，老子反了，看他怎么办！"阚泽附到甘宁耳边，悄悄说了几句什么，甘宁长叹几声，低头不语。

蔡中见这两人对周瑜心怀不满，似有反意，便以语言试探："将军为什么烦恼？先生又有什么心事？"阚泽一脸苦笑："我们心中之苦，你哪里晓得！"

　　蔡和性子急，不愿再多绕弯子，就直奔正题："你们莫非要投奔曹营？"这话一出，阚泽大惊失色；甘宁一把拔出剑来，抵着蔡和心口说："事已败露，先杀了你们灭口！"蔡中与蔡和慌忙解释，说自己是曹操派来诈降的，你们若是真心，我们愿代为引荐。

　　经过一番解释，阚泽也说明了刚从曹营回来之事，误会消除，皆大欢喜。于是，四人重新坐下来饮酒，商量对策，并发誓共同助曹操捉拿周瑜。蔡中、蔡和当即写下密信报告曹操。阚泽也另写密信一封，说是确切的日期，一时难以定下，只能伺机而动；只要见船头上插有青龙旗，就是黄盖的运粮船来投。

步步为营，胜利曙光如在眼前

江北曹操大营。

身穿红色相服的曹操居中端坐，威风八面，文臣武将肃立两旁。

接连收到蔡中、阚泽的两封密信，多疑的曹操反而心里嘀咕开了：真有这些好事吗？疑惑不定中，他召集众谋士来商量。

谋士们七嘴八舌，说什么的都有，搞得曹操更加犹豫不决。最后，曹操拍板，在这儿是辩不清楚的，还是派一个人到江东去探听一番吧。

谁去呢？众谋士面面相觑，谁也不肯争这个冒杀头之险的苦差事。好半天，帐中鸦雀无声，静得连呼吸都能听见。还是蒋干站出来打破了僵局："我上次去东吴，无功而返，深感惭愧；还是我舍命再跑一趟吧，这回一定得到实信才回来见丞相。"

蒋干再次主动请命，曹操又喜又忧，喜的是难得他一片忠心，忧的是此人难当大任。但在无人肯去的情况下，恐怕也只有让他再跑一趟了。于是，曹操笑容满面地为蒋干钱行，一直送他到江边，目送他驾舟远去。

周瑜听报蒋干又到，高兴得跳起来大叫："老天保佑，我的成功，就落在他身上了。"当即吩咐鲁肃，叫他去见庞统。

庞统，字士元，襄阳人，因躲避战乱而迁居江东。鲁肃曾将他推荐给孙权，却未得重用，现派在周瑜帐下。庞统也向周瑜献计："若破曹操，须用火攻。"周瑜、诸葛亮、黄盖、庞统等人，不约而同地提出火攻之策，可算是"英雄所见略同"。

庞统想得更细，他向周瑜建议：大江之上，一艘船起了火，其余的船都会散开。必须用连环计，让曹操把大小船只连接起来，然后才好用火攻。周瑜深为敬服，只是一时想不出办法来让曹操这样做，现在听说蒋干又来了，正是用计的好机会。于是，周瑜把蒋干痛斥一番，派人将他送到军营外边的一个小庵中去住。

蒋干来到这荒凉的小庵中，心想这次的任务又完成不了了，回去如何向丞相交代呢？心中烦闷，坐卧不宁，半夜里爬起来到外面散步。忽然，听到一阵琅琅的读书声从附近传来，便漫步寻去。

寒星满天，夜露凄凉。

荒凉的山岩下有几间草屋，蒋干悄悄地从窗户上往里看，只见一位年轻的书生挂剑灯前，秉烛夜读，琅琅的书声中透出一股英雄之气。蒋干心想，这人肯定不同凡响，随即叩门求见。

相见之时，蒋干只觉此人仪表非俗，英气逼人。一问姓名，竟然是名满天下的"凤雏"先生——庞统庞士元。蒋干大惊失色，惊问庞统因何故住在这荒山野岭之中。庞统说，周瑜自以为

才华盖世，又心胸狭窄，不能容人，所以独居于此，并反问蒋干是何人。蒋干做了一番自我介绍。

二人秉烛夜谈，庞统对天下大事，了然心中，口若悬河，时有高论。蒋干十分佩服，心想自己的见识口才已是少见了，但庞统却更加出色，这样的人才丞相一定十分喜爱。于是，他用话试探庞统肯不肯投奔曹操。不想庞统早有意投曹，只是无人举荐，怕不被重用。蒋干大喜过望，一拍胸脯说："我愿以性命担保，曹丞相一定会重用你的。"二人一拍即合，商量事不宜迟，连夜找到小船，渡江北去。

船到江北，天已大亮，蒋干先去报告。曹操听说凤雏先生来投，十分高兴，亲自出帐迎接。庞统告诉曹操：周瑜年轻，恃才欺众，不用贤能，很多东吴大臣都心怀不满。曹操认为庞统说的是事实，所以不加疑心。

庞统表示：早听说丞相用兵有方，想实地见识一下，以便丞相指教。曹操谦虚地说，还是请凤雏先生多加指教吧。于是，二人一同骑马来到一座山坡，居高临下地看曹军大营：依山扎寨，树木遮蔽，前有人工障碍，后有便捷的退路；营寨十分坚固，各寨互为犄角联络，一寨有急，诸寨支援……庞统连连称赞，说是古代最杰出的孙子、吴起等名将再生，也不过如此。得到凤雏先生的称赞，曹操嘴上虽然一再谦虚，心里却十分高兴。

再到江边，只见二十四座水寨一字排开，用大型战船排做寨墙，巨木搭成水门，大小战船追波逐浪，往来有序……庞统笑着对曹操说："久闻丞相用兵如神，今日一看，果然是名不虚传！"他还手指着江南发出由衷的感叹："周郎，周郎，近日必亡！"见庞统一再称赞，曹操心中得意，但嘴上还是很虚心地求教："凤雏先生学识卓绝，还请不吝指教。"庞统郑重其事地说："这一路看来，我比丞相差远了，哪里还敢乱说。"

曹操见庞统态度认真，言辞诚恳，不像是随意奉承，心里高兴极了，回营摆酒设宴，招待庞统。二人边喝边谈，论天下大势、孙、吴兵法及历代名将战事，庞统对答如流，滔滔不绝，果然学识非凡。曹操心中很是敬佩，便频频劝酒，盛情款待；庞统来者不拒，喝得红光满面，似有醉态，说话更随便了。

言谈之中，庞统漫不经心地问："请问军中有好医生吗？"曹操有些不解地问他要医生干什么，庞统说："我见水军中生病的人很多，必须有好医生来治才行。"曹操水军中，水土不服病倒的人极多，甚至有呕吐而死的，曹操正为这事烦恼，忽听庞统提起，便乘机问他有什么好办法。庞统说："操练水军的办法很高明，但还不够完备。"说了这一句，就把话题转到别的方面去了。

曹操见他话中有话，便把话题转了回来，再三问他有什么好办法。庞统冒出一句："有一个办法，可以使大小战船上的水军，都安稳如平地，疾病不生。"说完，又把话题岔开。曹操是个聪明人，知道庞统肯定有办法，只是有意卖关子，不肯轻易说出来。于是，曹操只得一再诚恳地向他求教。

庞统见火候已到，便不再卖关子了，顺水推舟地说出思谋已久的一条妙计："大江之上，风浪不息，北方人不习惯这种颠簸，所以生病。如果把大小战船以几十艘为一排，头尾用铁链子连成一体，船上再铺上一层大木板，不但人在船上如走平地，就是战马也可以活动了。乘上这种大连环船，任他江上风浪再大，都不会再颠簸了！"

此计一出，曹操大为赞叹，一块心病立即除去，连连向庞统施礼致谢："若无先生这条妙计，我怎么能打败东吴大军！"立即传令军中铁匠，日夜开工赶制铁链、大钉，将大小战船都连在了一起。人马乘上一试，果然安稳如平地，全军都非常高兴，从

心里感谢凤雏先生的妙计。

连环计成功，庞统便要脱身回江东去了。他告诉曹操：江东的英雄豪杰们，怨恨周瑜的人很多，凭我三寸不烂之舌，可以说动他们来投降丞相。周瑜一旦手下无人，必定会被丞相打败；周瑜大军一败，刘备那点人马就一点用也没有了。曹操非常高兴，说是先生能立这件大功，我一定奏请皇帝，封你为"三公"。庞统不以为然，说自己不求富贵，只是为了天下百姓；希望丞相过江之后，不要轻易杀害老百姓。同时，他还要曹操发给自己一道榜文，以保护自己的家庭和宗族。

曹操回答说，自己是"替天行道"，怎么会忍心去杀害老百姓呢？并立即亲手写下榜文，并盖上自己的大印，交给庞统。庞统接过榜文，便向曹操辞行，他还督促曹操尽快进兵，以防走漏了消息，让周瑜知道了。曹操表示一定按凤雏先生的嘱咐去做。

庞统来到江边，正要上船回江东，忽然被人一把扯住，低声说："你好大的胆子！黄盖用苦肉计，阚泽下诈降书，你又来献连环计：唯恐烧不尽杀不绝！你们的这些阴谋诡计，只能瞒瞒曹操，可瞒不了我！"

这几句话，声音虽不高，但在庞统听来，却如耳边炸响了一个惊雷，吓得庞统魂飞魄散！他惊慌中本能地回头一望：原来是老朋友徐庶徐元直，心中这才稍安定一些。

庞统四面看看，见附近没有别人，便小声地质问徐庶："你要是说破了我的计谋，可怜江东八十一州的老百姓，都被你送进了黄泉！"徐庶笑笑，反问他："我不说破，这边八十三万人马，性命如何？"庞统一时摸不透徐庶的心思，便把脸一板："我要是怕，就不到江北来了！"

徐庶见庞统有些当真了，叹了一口气："我感念（因感激或

感动而思念）皇叔厚恩，至今未报；曹操害了我母亲，我已发誓终身不为他出谋划策，怎么会坏你的大计？只是，到时火一烧起来，我也难以逃命！还请凤雏先生教我一条脱身之计，我定闭嘴远逃。"

庞统彻底放心了，禁不住哈哈大笑："元直兄如此远见卓识，这点芝麻绿豆小计，还用问我吗？"徐庶郑重其事地说："请你教我一计。"庞统眼珠一转，附在徐庶耳边说了几句。徐庶笑逐颜开："先生才高，果然名不虚传，徐庶拜谢了！"说完就要行大礼，庞统慌忙扶住，二人相视大笑，就此告别。

庞统回到江东向周瑜报告。

徐庶依计而行，连夜带领三千人马离开曹操大营，北上中原。

曹操横槊赋诗，踌躇满志

• • • •

建安十三年（公元 208 年）十一月十五。

天气晴朗，风平浪静。

自庞统走后，曹营日夜赶制铁链、铁环和铁钉等物，大部分船只已连接成功，水军操练时不再晕船了。曹营弥漫已久的厌战情绪，大有好转。曹操十分高兴，吩咐手下："今晚在江边水寨中，摆设筵席，宴请诸将。"

曹操此举，是想趁军心转稳之际，趁热打铁，为他们鼓舞斗志。

夜幕降临，江雾薄如轻烟。

曹营水寨，灯火通明，映得江水一片橙红，好似天上的晚霞跌落到江面。在雄壮浑厚的乐曲声中，曹操率领百余位文臣武将登上了帅船。筵席已摆好，众人依次入座。曹操举杯祝酒，豪情

满怀地说："我自起兵以来，为国家剪除凶狡之徒，志在扫平四海，一统天下，唯有江南还没有平定。现在我统领百万大军，更有在座诸位的鼎力相助，何愁大事不成！收复江南鱼米之乡，国富民强，天下太平，与诸位共享荣华富贵！"

文武大臣们一起起立致谢："愿早奏凯歌，我们一生都托丞相的福了！"曹操开怀大笑，举杯满饮美酒。

一轮皎洁的满月悄悄地从东山上升起，明亮的月光给山河大地披上了一层银色的轻纱，远望长江如练，微风徐来，水波不兴。如此良辰美景，曹操与众文武大臣一起陶醉其中。

酒酣耳热之际，曹操豪兴勃发，踌躇满志，对月放歌，横槊赋诗（横着长矛而赋诗。指能文能武的英雄豪迈气概。槊，shuò）：对酒当歌，人生几何！譬如朝露，去日苦多。……山不厌高，海不厌深。周公吐哺，天下归心。

一夜欢宴，兴尽而止。

第二天，水军都督毛玠、于禁请丞相检阅水军，他们报告说："大小船只，都已连环搭配好；旌旗战鼓，各种兵器，全都备齐。水军随时听候丞相调遣，杀向江东。"曹操闻报大喜，立即传诸将进来听令：

水军中军由毛玠、于禁统领，以黄旗为号；

水军前军由张郃统领，以红旗为号；

水军后军由吕虔统领，以黑旗为号；

水军左军由文聘统领，以青旗为号；

水军右军由吕通统领，以白旗为号；

马步军前军由徐晃统领，以红旗为号；

马步军后军由李典统领，以黑旗为号；

马步军左军由乐进统领，以青旗为号；

马步军右军由夏侯渊统领，以白旗为号。

水陆两路都督接应使：夏侯惇、曹洪。

护卫主帅往来监战使：许褚、张辽。

其余诸将，各领所部，依令而行，不得有误。

擂响三通战鼓，二十座水寨大门一起打开，水陆大军，均已上船，冲出水寨，齐集江中。

金鼓齐鸣，杀声震天。

数千艘大小战船，连成一排排的战斗队形，簇拥着中央那艘扬着"帅"字旗的巨大战船，冲波踏浪，稳如平地；众将士们在船上舞刀弄枪，弯弓射箭，一扫往日晕船时的愁眉苦脸、昏头昏脑，显得人人精神振奋，个个武艺高强。

曹操屹立在帅字旗下，居高临下观看，只见宽阔的江面上，旌旗招展，刀枪如林；大小战船整齐有序，前后调动，队形不乱。如此壮观的水军演习操练，他也是第一次见到，心中十分激动，很是骄傲自豪。看来打败周瑜，踏平江东，指日可待！

演习结束，曹操仍兴奋不已，他对谋士们说："要不是老天爷助我，怎么能得凤雏先生妙计？果然渡江如行平地一样稳当，船到南岸，我们的人马可一拥而上！"

程昱（字仲德）是曹操的重要谋士，他对连接大小船只有一点担心，特意提醒曹操："船连在一起，虽然平稳，但必须提防火攻，否则躲避不及。"

曹操闻言大笑："仲德虽然考虑周到，但对用兵之法，有所不知。"旁边另一位主要谋士荀攸有些不解，问："仲德说得很有道理，请问丞相如何说他不知兵法？"曹操得意地解释说："作

086

为将帅，要先明天时，次察地理，然后再以法用兵。正如孙子所说：计算周密，胜利条件多，则能胜敌；计算不周，胜利条件少，不能胜敌；更何况根本不计算，没有胜利条件呢！"

听了曹操的这番话，众谋士们更摸不着头脑了，心想：你说的这些大道理，我们都晓得，怎么能说是不懂兵法！曹操见谋士们一脸迷惑，更是得意。他先不说破，自己朝南而站，让程昱朝北站；然后叫手下人点燃一个火把，放在两人之间，正好一阵北风吹来，那火把"呼"的一声，火焰猛蹿，差一点烧着了程昱的胡须，吓得程昱连连后退。

见谋士们似有所悟，曹操这才把话说明白："凡用火攻，必须借助风力。现在隆冬之际，只有西北风，哪里会刮东南风呢？我们在江北，周瑜在江南，他用火攻是自己烧自己，我们怕什么？如果是十月小阳春之时，我当然会提防这一手的。"这下子，谋士们心服口服，异口同声地说："丞相高见，我们差远了！"

就一般情况而言，曹操确有道理；但考虑到赤壁此地此时的具体环境，未必如是。曹操的过分自大，为几日后的失败埋下了必然的祸根。

曹操率军在江中操练，早有观察哨报告给了周瑜。周瑜急忙带领一班人马到江边山头上观看，可惜来迟一步，只看了个尾声。但曹操那威武雄壮的水上战船，仍然使周瑜心惊不已：虽然曹操已中了连环计，但其水军如此强盛的阵容，却不是可以轻易战胜的。

周瑜眼珠一转，叫来韩当、周泰，附耳吩咐几句。二人得令，立即飞奔至江边，各领五艘小船，分左右两队向曹营进发。

曹操刚刚结束操练，还未下船，忽见江东水军来犯，不由得心中暗喜：我正要试试这连环船的威力，你倒先来了！于是下

令：派二十艘小船先去迎敌，另叫大将文聘率一队连环战船随后接应。

两军相遇勇者胜，毕竟江东水军训练有素，很快就将曹军的二十艘小船杀得七零八落，四散逃命。韩当、周泰也不追赶，只顾乘胜前进，将近曹营水寨时，被文聘率领的一队连环战船迎面挡住。

这连环船果然非同凡响，远远就像一堵城墙压了过来，船上居高临下放箭。韩当、周泰的十艘小船，只有招架之功，没有还手之力，两位久经战场的老将军也不免心惊。二人一打手势，也不正面交战，避开江中主流，只管往江两边浅水处跑。这一下子，连环船就不灵了——它在江中行动不便，顾了这边，顾不了那边；而韩当、周泰的十艘小船，轻巧、迅捷，七转八转就脱离了文聘的追击，回到自己的水寨。

文聘见江东的小船跑掉了，也不敢孤军深入对方水寨，便掉转船头，敲响得胜鼓返回。曹操远远见自己的水军先败后胜，尤其是连环船，赶得江东的小船四处乱窜，不敢正面交战，心中十分高兴：这是水军的第一次胜仗，更重要的是，由此证明了连环船的威力，更加坚定了自己必胜的信心。

其实，周瑜叫韩当、周泰出战的意图，是想试探、证实一下自己的猜想：连环船有行动不便、水战不够灵活的弱点。目的达到，结果与预料的一致，周瑜也不由得暗暗高兴。

天公作美，东风助周郎

• • • •

江风猎猎，旌旗翻飞。

周瑜与鲁肃等一直站在山头上观战，韩当、周泰返回之际，周瑜悬着的一颗心也放下了。他心中高兴，话便多了，一边看，一边与鲁肃谈笑风生。

突然，江风吹动旌旗的一角打在周瑜的脸上。正在得意的周瑜，本能地回头看看旌旗，猛然想起一件担心已久的大事，顿时满脸涨红，血气直冲头脑，猛地哼了一声，口吐鲜血，倒在地上，昏了过去。鲁肃大惊失色，急忙与诸将一起将周瑜抬回营帐。

大战在即，都督却病倒了，众将心中担忧，纷纷前来探望。鲁肃心中有数，但不便对众将说明，想想还是找诸葛亮商量一下。诸葛亮问清情况，便与鲁肃一道来见周瑜。

周瑜经过医治，病情好转，躺在床上静养。他吩咐手下，除了鲁肃、程普，其余众将一律不见。诸葛亮随鲁肃来到周瑜床前，慰问了几句，便转入正题："都督之病，是心中烦忧、操劳过度引起的急火攻心所致，必须用凉药顺气，气顺而火降，然后病不治而愈。"周瑜见他话里有话，便郑重地请卧龙先生指教。

诸葛亮不肯直说，先叫周瑜手下人回避，然后挥笔写下十六字：

欲破曹公，宜用火攻，万事俱备，只欠东风。

　　周瑜接过一看，惊得从床上跳起来，顿时病好了一大半，对着诸葛亮便拜，说："先生既知病源，定有医治之法，军情紧急，还请不吝指教。"诸葛亮连忙扶起周瑜，告诉他说："我曾得高人传授呼风唤雨之法，请都督速派人建一座高九丈、分为三层的'七星坛'。然后我上台作法，从十一月二十至二十二，借得三日三夜的东南劲风，助都督用兵。"

　　话音未落，周瑜已是愁容尽扫、喜出望外，说他只要有一夜东南风就够了！兵贵神速，事不宜迟，我立即派五百兵士去江边连夜赶工，明天早上一定建成七星坛。

　　正说着，周瑜好像想起了什么，又由喜转愁，动了动嘴想问诸葛亮，话未出口又咽回去了，坐在床上一言不发。

　　诸葛亮是个聪明人，见周瑜如此举动，便猜到他的心事，郑重其事地对周瑜说：借东风之举，事关大计，绝非儿戏！自己愿以性命担保，立下军令状。周瑜见诸葛亮一脸正色，不由自己不信；况且诸葛亮为人稳重，不是那种大言不惭之人，想想一时别无他法，只能如此了，便笑着说："有劳卧龙先生了，我这边立即调兵遣将，做好准备。"

　　诸葛亮走后，周瑜想想仍不放心：呼风唤雨之法，自己听说过，却没真的见过。大战就在眼前，可容不得出什么差错。鲁肃见周瑜又在发呆，便劝慰一番："诸葛亮不仅仅是在帮我们的忙，事关孙刘两家的生死存亡，一贯谨慎的诸葛亮决不会拿刘备和自己的身家性命开玩笑，他一定是有把握的！你要是还不放心，不妨请庞统来商量一下。"

　　周瑜即刻派人去请庞统。

　　鲁肃作为周瑜的副手，曾受命协助研究解决相关的问题，其中就包括地理气象之类。但鲁肃本人对气象素无研究，便找两位

当世的大才子——诸葛亮与庞统来帮助，他与这两位惺惺相惜、情趣相投，有着深厚的友谊。

庞统来了，问清情况后，心中不由得暗自发笑：这孔明也真会故弄玄虚！但是他不便捅破这层窗户纸，只能像鲁肃一样劝慰周瑜一番，并郑重地为诸葛亮担保：军中无戏言，孔明既打了包票，就一定能做到，况且他自己愿以性命担保！

周瑜见自己最信任的鲁肃和当世才子庞统，都不约而同地为诸葛亮担保。而且军情紧急，还有许多战前准备工作要做，已没时间来刨根问底了。因此，他便放下心来，全力以赴地调兵遣将，周密安排，只等东南风起，便要火烧曹营。

诸葛亮到底能不能呼风唤雨呢？庞统心中是十分清楚的。

诸葛亮隐居南阳，躬耕陇亩之时，除了苦学沉思，研究兵法与天下大事外，还要指导农夫们耕田播种，因此对气象之学也十分用心，积累了丰富的知识和经验。到了赤壁后，他作为刘备一方的代表，并不掌实权，主要任务是联络和参谋，有不少空闲时间。因此，他在提出火攻计之前，便已对当地的气候特点悉心研究，找了一些阅历丰富的老船工、老农民们探讨、求教。

庞统在提出火攻、连环计时也想到了这个问题，也在努力探索研究。但他毕竟没有亲身务农的经历，理论多而实际经验少，便常与诸葛亮在一起探讨研究。

这一年，赤壁一带的气候比较反常：夏天不热、冬天不冷，隆冬之时暖如十月小阳春，并有瘟疫流行……诸葛亮与庞统综合各方面的情况，断定近日内必定有东南风，正是火烧曹营的大好时机，所以在周瑜面前拍胸担保、立下军令状（借指接受任务时所做的按时完成任务的保证）。鲁肃对气候之学了解不多，但他用人不疑，对两位朋友的能力十分欣赏佩服，对此也坚信不疑。

据现代气象学家研究，认为赤壁一带属于亚热带温湿季风气候，冬季因大陆气温低于海洋，气压相对较高，风由陆地吹向海洋，形成干冷的西北季风，这是常例。但是冬季不冷，气候反常的情况下，来自东南沿海一带的副热带高压逐渐增强北上，便有了冬季刮东南风的特例。建安十三年正属于这种情况。

诸葛亮说自己能呼风唤雨，煞有介事地筑台祭风，不仅仅是故弄玄虚。他除了下功夫进行了一番深入的研究之外，还有几点考虑：

一是孙刘联军，刘备兵少势弱，不是战斗主力，也不大被孙吴一方看重，所以要故弄玄虚地"借东风"，以使孙吴一方不敢小看。

二是刘备军无后方，时间稍长，军需便难以供给，必须尽快打败曹操，夺取荆州作为根据地，所以要极力敦促周瑜早打、大打。

三是"借东风"是当时在敌强我弱的情况下，稳定军心、鼓舞斗志的好办法，使孙刘联军的广大士兵们自以为有天时和异人相助，坚定必胜的信心。

这些情况，不仅庞统十分清楚，鲁肃与周瑜也有程度不同的了解；但大敌当前，先顾抗曹的主要问题，其余一些矛盾和问题只能是先放在次要的地位，待破曹之后再说了。

胸有成竹，运筹帷幄展雄才

周瑜连日紧张地调兵遣将，诸事一一布置完毕，只等东南风起。

一天过去，不见有风。

又是一天，夜幕降临，繁星点点，微风不起。

吴军将士等得有些不耐烦了，渐渐怀疑能否等来东南风，大家七嘴八舌，议论纷纷。周瑜一边安定军心，一边自己心中也不免产生疑惑，他问鲁肃："隆冬之时，真有东南风吗？"鲁肃回答说："我想诸葛亮决不会误事，请都督放心！"

三更时分，忽听得帐外风声渐起，旌旗哗哗作响。周瑜与鲁肃等急忙走出营帐察看，只见所有军旗都在空中飞舞，一起飘向西北。周瑜惊喜交加：惊的是诸葛孔明果然深明天文地理之学，自己不及，将来孙刘相争，此人必是劲敌；喜的是东南风大起，破曹就在眼前！

军情紧急，机不可失。周瑜来不及多想，即刻召来丁奉、徐盛二员大将，吩咐他们立刻率五百兵士去江边七星坛"请"诸葛亮，一定要把他留在江东！鲁肃闻言急忙制止，说大战在即，不可伤了两家和气。周瑜转而一想，改口吩咐丁、徐二人要以礼相待，不可无礼蛮干。

不久，二将快马回报：诸葛亮在风刚起之时，就已回到刘备处了！周瑜闻报长叹一声，也不说话，挥手让丁、徐二人下去。

此时诸位大将齐集，周瑜立即升帐发令：

第一拨，甘宁带蔡中及所部，伪装成曹操的部队，深入到乌林曹军屯粮之所，放火烧其粮草，另将蔡和留下，另有用处；

第二拨，太史慈带领三千人马到东边黄州地界，阻击自合淝（今安徽合肥）而来的曹军救援部队，随后另有吴侯孙权人马接应；

第三拨，吕蒙带三千人马，往乌林接应甘宁，并放火焚烧曹军营寨；

第四拨，凌统带三千人马，到乌林西边埋伏，只等曹营火起，从西往东杀；

第五拨，董袭带三千人马，到乌林东边埋伏，只等曹营火起，从东往西杀；

第六拨，潘璋带三千人马，接应董袭。

以上六拨人马，连夜出发。

第二天一早，周瑜又升帐发令：

黄盖立即派人送信给曹操，约定今晚去降，船头上插青龙旗为号的，便是黄盖的运粮船；

韩当、周泰、蒋钦、陈武四将各领三百艘战船与二十艘大船分为四队，跟随黄盖船后进攻曹营水寨；

周瑜自己与程普率领中军大船，指挥调度，并接应各路水军，徐盛、丁奉率船队左右护卫；

鲁肃率庞统、阚泽等守卫大本营。

诸将调派完毕，又接到吴侯孙权和刘备派人送来的消息：孙

权已派大将陆逊率领一支人马赴黄州地界支援太史慈，自己随后接应；刘备的人马也已按商定的方案，调派完毕，配合周瑜大军行动。

周瑜调兵遣将迅捷果断，安排周密，程普与鲁肃等非常佩服，连一向自视甚高的凤雏先生庞统也连连点头，称赞不已。

万事俱备，只等天黑。

曹操大营。

水军已做好准备，只等黄盖来降，便要进攻周瑜大军。这日东南风起，谋士程昱提醒曹操："今天东南风起，要多加提防。"曹操不以为然，笑着说："冬至前后，刮一阵短暂的东南风，不足为虑！"正说着，忽报黄盖派人送信来了，曹操急忙打开一看，信中大意说：因为周瑜防范得紧，一直无法脱身。新近从鄱阳湖带来一批运粮船，今天周瑜又派我巡哨，正是下手的好机会！我好歹也要杀了东吴的几员大将，将首级献予丞相。今天晚上，只要见到船上插有青龙旗，就是我的运粮船来了。

曹操看完信，非常高兴，便在傍晚的时候从大营来到水寨船

上，专等黄盖船来。

夜幕渐临，东南风劲。

赤壁江边，战船云集，旌旗蔽空，一派大战前的紧张气氛。

周瑜令人叫来降将蔡和听令。

蔡和这几天都被甘宁、阚泽等拖住，整天不得出营一步，正急得慌，忽听得周瑜召见，也不知是祸是福，忐忑不安地来参见都督。

周瑜见蔡和到来，也不答话，突然大喝一声："绑起来！"卫士们立即上前将蔡和拖倒在地，五花大绑。

蔡和连声喊冤，周瑜冷笑一声："你是什么人，竟敢来诈降！今天正好借你的头祭旗！"蔡和见大事不好，想立功赎罪，高叫："阚泽、甘宁都是同谋！"周瑜不禁放声大笑："我早已知道，他们都是我指使的！"说完，大手一挥，刽子手一刀斩了蔡和，周瑜下令开船。

黄盖是先头部队，早已准备好的二十艘火船中装满了芦苇干柴、火药鱼油等发火之物，并用青布蒙好。每条船上各有十名精心挑选出来的水兵驾驶，船头插满青龙旗，船尾系着小船。

风急浪高，黄盖的船队满帆顺风而行，迅速驶近曹营水寨。

力挫强敌，赢得青史万古传
• • • •

曹操正等候在指挥大船的舱楼上，迎风伫立，踌躇满志。远远看见一队快船顺风疾驶而来，一色的青龙旗，其中第三艘船上隐隐有一白发老将稳立船头，旗上大字为"先锋黄盖"。曹操兴高采烈，笑着对众谋士说："公覆来降，真是天助我也！"

谋士程昱也在仔细地观看，他觉得情形不对，急忙提醒曹操："来船有诈，不能让他靠近水寨。"曹操一时不察，问程昱："你怎么知道有诈？"程昱连忙解释说："运粮之船，因负重而显得运行平稳，沉在水中；而今看来，船轻得像漂在水上，又快得像离弦之箭，加之今晚东南风很大，一旦有阴谋诡计，如何对付？"曹操恍然大悟，急问手下诸将："谁去阻止？"大将文聘应声而出，带着一队巡哨小船前去阻拦。

文聘站在船头大叫："丞相有令：来船在江中抛锚，不得靠近水寨！"士兵们一起大声叫喊："赶快落帆！"话音未落，迎

面一箭射来，正中文聘左臂，文聘跌倒在船上，手下人急忙救护，一时大乱，便往回撤退。

黄盖一言不发射倒文聘后，将手一挥："加速前进，点火后跳上小船，等大部队一到，登上战船，奋勇杀敌！"

东南风鼓满了布帆，船如离弦之箭，直向曹营水寨冲去。黄盖率领的这二十艘火船，是一种名叫艨艟斗舰的快船，船体修长，速度很快，适宜进攻；而且为了这次火攻，还专门在船头上布满了铁钉；若快速撞上大船，便会像紧紧地"钉"上去，一时是扯不开的。周瑜与黄盖考虑得十分周密。

眼看就要靠近曹营水寨，黄盖大喊一声："点火！"二十条船一起点着，霎时成了二十条火龙，乘风破浪一起冲入曹营水寨，火船每到一处，立即腾起了一片火光。

周瑜率领大部队随后跟进，他见黄盖得手，便下令全面进攻。一声炮响，早已准备好的另外一大批艨艟斗舰也一起点着，顺风满帆，船如箭发。火借风势，风助火威，顿时，曹营二十四座水寨一起烧着。

这下子可显出连环计的威力了！曹操心中后悔不及：要是没有把大船锁成连环船，派几十艘船冲上去拦截，大不了全给烧掉，其余的大批战船赶紧散开，也就保住了；而今，除了少数的巡哨小船外，其余的全是连环船，一时无法分拆开来，一旦被东吴的艨艟斗舰给"钉"上，便怎么也摆脱不了，只有等着挨烧！

战船全是木头做的，碰到火就着，一会儿就烧成一片火海，连那些连锁战船的铁链都被烧得通红。曹军将士们在连环船上东奔西窜、你挤我推，争着逃命。可是无论怎么逃，船上到处是火，十有八九被烧得焦头烂额，很多人就这么给烧死了；烧急

先锋黄盖

了，有些人就往长江里跳，可又不会游泳，咕嘟咕嘟几口水一

曹操在指挥船上，见黄盖的船点着了火，知道大事不好，急忙命令所有的巡哨小船来接应他和一班文臣武将逃命，其余将士他也顾不得了。他刚跳上小船，那艘指挥船就燃起了熊熊大火。

黄盖率两百精兵点火后，全部跳上预先备好的小船，仗着水性娴熟，奋勇驾船穿行在烟火之中，直奔指挥船来捉曹操。远远地就黄盖就看见一个穿红袍的人，在一群武将的保护下，坐着小船向岸边逃去。黄盖料定那穿红袍的就是曹操，他一边拼命地向前赶去，一边大叫："曹贼休走，黄盖来了！"曹操见黄盖率十几艘小船赶来，心里暗暗叫苦，看来这次是劫数难逃了。曹操手下的大将们也多是些"旱鸭子"，看东吴的水兵追近，如何不慌！

在这危急关头，唯有大将张辽镇定自若，悄悄地弯弓搭箭，等黄盖逼近，瞄准他迎面就是一箭。黄盖在烟火中奋勇追赶，也看不清张辽的动作，等听到弓弦响急忙躲避已来不及了，他被射中肩膀，掉落水中。所幸黄盖水性极好，着一身盔甲还能在冰冷的江水中浮起来，被部下救起，送回江东治疗养伤。

风吹得猛，火烧得旺，一会儿工夫，曹军在岸上的营寨也被烧着了！人喊马嘶，一片哭叫之声。

正在曹军人马乱得不可开交之际，周瑜指挥的水陆两军从四面八方奋勇杀来。左边是韩当、蒋钦两支人马从赤壁西边杀来，右边是周泰、陈武两支人马从赤壁东边杀来，中间是周瑜、程普、徐盛、丁奉率大队人马正面进攻。火借风势，兵仗火威，火海之中，曹军将士被枪挑箭穿、刀砍斧削、火烧水淹，死者不计其数，几十万人马十去七八。

曹操在张辽等一班武将的保护下，率领残兵败将，冲出火

海，往南郡方向逃去。一路上，虽然得到了大将徐晃等人的接应，但仍被周瑜部下大将吕蒙、凌统、甘宁，以及刘备部下的大将赵云、张飞等人多次截击，幸亏张辽、徐晃、张郃等人拼死冲杀，才能夺路而逃。

曹操率残部在败退途中，经过华容道——这是一片沼泽地，又逢上东南风带来的倾盆大雨，道路泥泞难行，战马都陷入泥潭之中，人更是无法行走。曹操派士兵到处寻找枯枝杂草等填在泥泞的路上，才勉强通过。但打败了的士兵们，怕孙刘联军追来，如惊弓之鸟，争先恐后，互相践踏，许多老弱病残的士兵被踩死和挤到泥潭中淹死了。

周瑜、刘备率领胜利之师，水陆并进，一直追到南郡。曹操无心再战，便留下曹仁、徐晃镇守江陵，折冲将军乐进驻襄阳，自己从小路直接返回北方去了。

赤壁之战以孙刘联军的胜利和曹操的失败而告终，这是中国古代以少胜多、以弱胜强的著名战例。

曹操的失败和孙刘联军的胜利都不是偶然的。

曹操军队虽然数量众多，但是有许多弱点，如远程奔袭、士卒疲惫、不习水战、疾病流行，因之战斗力不强。加之主帅急于求成、骄傲轻敌，又犯了一连串严重的错误。比如，放弃了自己善于陆战的长处，使精锐的北方骑兵不能发挥作用；连锁战船，给周瑜可乘之机，又中了黄盖诈降（假投降）的火攻之计。这样扬短避长，优势变成劣势，最后导致失败。

周瑜与刘备统帅的孙刘联军，虽然数量少，但在强敌面前，处变不惊、团结联合、齐心协力，增强了战斗力。尤其是主要指挥者周瑜沉着应战，在战略上藐视敌人，在战术上重视敌人，最终取得了辉煌的胜利。

壮志未酬，天下英雄同悲怆

赤壁之战后，孙刘双方都在乘胜进军，努力扩大自己的势力范围。

周瑜率领胜利之师，溯江而上，攻打南郡的郡治江陵。

攻城之前，周瑜先派大将甘宁领一支人马去攻占江陵西边的彝陵（今湖北宜昌东南）。曹仁闻讯后，也派出一支人马去救援，将彝陵城包围起来。甘宁告急求救，周瑜听取吕蒙的建议，留下凌统原地不动，自己和吕蒙悄悄地率领主力去救甘宁，然后回师攻打江陵。

江陵城池坚固，粮食充足，守将曹仁又勇敢善战，周瑜几次进攻都未得手。有一次，周瑜亲自跨上战马，掠阵督战，不巧被暗箭射伤右肋，伤势很重，便退回营中。曹仁得知周瑜受伤卧床不起，便故意前来叫阵挑战。周瑜忍着伤痛，带病巡视各营，激励将士。曹仁见后，知道无机可乘，才领兵退回城中。

经过近一年的激烈战斗，曹军伤亡不少，孤军难以坚守，曹仁便放弃江陵，撤回中原。这样，江陵以东的大片土地都归了东吴，孙权任命周瑜为南郡太守，程普为江陵太守。

与此同时，刘备则乘胜取得了江陵以南的四郡：武陵、长沙、桂阳、零陵（都在今湖南境内）。刘琦死后，刘备称荆州牧，领兵驻守与江陵一江之隔的公安（今湖北公安南）。

由于刘备在赤壁之战中出了力，并且占据了荆州的大部分土地，孙权不得不同意刘备为荆州牧。为了借刘备的力量抵御曹操，在鲁肃的建议下，孙权还同意了刘备的请求，将南郡借给刘备，这就是"借荆州"的前因后果。

周瑜不太同意将荆州借给刘备，但又不便反对，便向孙权建议："现在曹操刚刚战败，无力他顾，请让我和奋威将军孙瑜一起进攻蜀地，得蜀之后并吞张鲁，再让孙瑜守住西蜀，和西凉的马超互相声援；我回来和将军占据襄阳，进逼曹操，北方就有拿下的希望了。"

孙权同意了周瑜这个雄心勃勃的计划。

周瑜回到江陵，做好了出征的准备。但他因劳累过度，伤病复发，病逝于巴丘（今湖南岳阳），年仅三十六岁。

周瑜病逝，孙权非常伤心。他亲自穿着丧服到途中迎接周瑜的灵柩，所有丧葬事务及后事都亲自安排。直到几十年后，孙权还满怀深情地说："过去赶走曹操，为我开拓出荆州这块地盘，都是周瑜的功劳。我怀念公瑾，难道还有完了的时候吗？"

注：《三国演义》及民间传说故事中，均有诸葛亮三气周瑜的情节，并且把周瑜描写得气量狭窄，最终因妒恨而死。这与正史记载不符，故本书不采用此说，仍以历史事实为依据叙述周瑜其人。

——编者

周瑜

风云三国进阶攻略

赤壁之战的形势

赤壁之战是《三国演义》中描写得最为精彩的一场战役，书中以长达八回的篇幅尽情挥洒，波澜壮阔。战争的各个方面、各个环节都表现得淋漓尽致。大战前的决策阶段，一波未平、一波又起。舌战群儒、智激孙权、蒋干中计、阚泽下书、草船借箭、七星坛祭风，好戏连台；魏吴隔江斗智，孙刘内部钩心斗角、犬牙交错、戏中有戏。难怪这一战役至今仍是军事学的研究课题。

周瑜的胸襟

《三国演义》中的周瑜，总让人联想到"嫉贤妒能""心胸狭窄"之类的字眼，这是不符合历史事实的。历史上的周瑜，是一位"气度恢宏"的君子。他处理同程普的关系就是一个例子：程普是武将中的元老，常看不惯年纪比他小，职位却比他高的周瑜，于是处处刁难，但每次周瑜都大度包容，最后让程普也折服于他的才能与气量。另据《三国志》记载，刘备曾向周瑜借兵两千，用于攻打驻守江陵的曹仁，周瑜果然就借给了刘备，这也不是心胸狭窄的人能做到的。

历史上真实的蒋干

提到蒋干，大家都会想起群英会蒋干盗书的喜剧情节，如

果没有这位自命不凡却屡被愚弄的蒋干"帮忙"，周瑜就不会取得胜利。但是，历史上的蒋干却是才高八斗，以能言善辩著称于江淮地区，曾被誉为"江下八俊"之一。在赤壁大战前，他的确去劝降过周瑜，但没有成功就回来了，还赞扬周瑜"雅量高致"。在元代的《三国志平话》里，蒋干就开始被丑化了，罗贯中更是不吝笔墨，大加艺术发挥，将蒋干描绘成了两军对垒前，间谍战与反间谍战的主角。这种艺术加工的力量实在是太强大了，以至于蒋干最终被定型成了人们心目中的丑角。

关于赤壁之战的另一种说法

看过《三国演义》的人都知道，赤壁大战是孙刘集团通力合作，在周瑜和诸葛亮的精心设计下取得的胜利。但是史书中对赤壁之战曹操落败的原因却另有一番解释。在《三国志》中有好几次都提到，曹操大军在赤壁之战前就遇到了瘟疫，军中死了不少人，于是曹操烧船自退。这种说法也得到了后世学者的承认，他们甚至考证出，这种瘟疫是血吸虫病。古代赤壁地区血吸虫病严重流行，感染率在百分之五十以上，曹军又都是北方兵，到南方抵抗力差，更容易患病。没想到小小的血吸虫病竟成了赤壁大战胜败的关键，甚至改写了历史。

两个赤壁之战

在时间的流逝中，许多历史事件都变得扑朔迷离起来，历史

真相也就无法被真正知晓。在《三国演义》和《三国志》中，我们可以见到不同的赤壁之战。在《三国演义》中，赤壁之战是最精彩的一部分，作者不惜笔墨，以较大的篇幅描写了战争的全部过程，包括力量的对比、计谋的使用、战争的意义等，其中不乏文学手法的运用。但在《三国志》中，虽然也多次提到过赤壁之战，却非常简略，就是在"周瑜传"中，也不过是三段而已，《三国演义》中的蒋干中计、草船借箭、庞统献连环计等细节更是未曾提及，给人的感觉是这场战争并非那么壮观和意义重大。实际上，关于赤壁之战的种种争论也一直没有停止过。不过，由于文学的形象性和丰富性，人们心中留下的仍是罗贯中的赤壁之战。

文武赤壁

根据史书记载和历史相传，武汉附近叫赤壁的地方一共有五处之多，蒲圻、汉川、汉阳、武昌和黄冈境内均有赤壁。但最著名的要属黄冈、蒲圻这两处了。

"文赤壁"即"东坡赤壁"，它位于湖北省黄冈市西门外。因断岩临江，突出下垂形成壁，形如悬鼻，古称赤鼻，又名赤鼻矶。北宋元丰三年（公元 1080 年），苏东坡谪贬黄州，误认该处是三国赤壁战场，先后写下《前赤壁赋》《后赤壁赋》及《赤壁怀古》这些流传千古的篇章。这些作品奔放豪迈；景、情、理交融，见文如见画，全文波澜起伏，喜中含悲，悲中见喜，具有很高的艺术价值。

从此之后，黄州赤壁闻名遐迩。清朝康熙皇帝在查修时，将它定名为"东坡赤壁"，用以区别三国赤壁，人们亦称它为"文

赤壁"。

"武赤壁"就是三国赤壁，位于湖北省蒲圻县西北三十六公里的长江南岸。东汉建安十三年（公元208年），孙权、刘备的联军，在此用火攻，大破曹操战船，当时火光照得江岸崖壁一片通红，"赤壁"之名由此得来。"赤壁之战"奠定了三国鼎立的局面，是中国历史上以少胜多、以弱胜强的著名役之一。为了和"东坡赤壁"有所区别，人们又将三国赤壁称为"周郎赤壁"或"武赤壁"。

☁ 苏轼的《前赤壁赋》

壬戌之秋，七月既望，苏子与客泛舟游于赤壁之下。清风徐来，水波不兴。举酒属客，诵明月之诗，歌窈窕之章。少焉，月出于东山之上，徘徊于斗牛之间。白露横江，水光接天。纵一苇之所如，凌万顷之茫然。浩浩乎如冯虚御风，而不知其所止；飘飘乎如遗世独立，羽化而登仙。

壬戌年的秋天，七月十六，苏轼和友人划着船在赤壁附近游览。舒爽的风缓缓吹来，水面上平静无波。苏子端起酒来劝客共饮，并朗诵《诗经》中与明月有关的诗句，歌颂窈窕这一章。一会儿，月亮从东边山上升起，在斗宿和牛宿的中间缓慢移动。白色的雾气笼罩江面，水色连接着天色。任由这一叶小船在无边无际的江上漂荡，越过这辽阔迷茫的江面。放眼一片浩瀚，如同在空中乘风飞行，却不知道它的尽头，全身轻飘飘的，似远离尘世独自生存，幻化成神仙般飞抵仙境。

于是饮酒乐甚，扣舷而歌之，歌曰："桂棹兮兰桨，击空明

兮溯流光。渺渺兮予怀，望美人兮天一方。"客有吹洞箫者，倚歌而和之，其声呜呜然，如怨如慕，如泣如诉，余音袅袅，不绝如缕。舞幽壑之潜蛟，泣孤舟之嫠妇。

这时候喝酒喝得很快乐，就敲着船舷唱起歌来。唱的是："拿着桂木做成的棹啊，香兰船桨，迎击空明的凌波，逆着流水的泛光。渺渺茫茫啊，正是我的心情，想望着美人啊，她却远在天的另一边。"宾客中有个人吹着洞箫，随着歌声相应和，那声音呜呜地响着：像哀怨、像思慕、像哭泣、像倾诉；曲终时箫声低柔悠长，如连绵不断的细丝。让潜伏在深涧里的蛟龙不禁要翻腾起来，在孤舟中的寡妇也流泪。

苏子愀然，正襟危坐而问客曰："何为其然也？"

苏轼的脸色也变了，整理仪容，恭谨地坐着问客人说："为什么吹得这么哀伤呢？"

客曰："'月明星稀，乌鹊南飞'，此非曹孟德之诗乎？西望夏口，东望武昌，山川相缪，郁乎苍苍。此非孟德之困于周郎者乎？方其破荆州，下江陵，顺流而东也，舳舻千里，旌旗蔽空，酾酒临江，横槊赋诗，固一世之雄也，而今安在哉？况吾与子渔樵于江渚之上，侣鱼虾而友麋鹿；驾一叶之扁舟，举匏樽以相属。寄蜉蝣于天地，渺沧海之一粟。哀吾生之须臾，羡长江之无穷；挟飞仙以遨游，抱明月而长终；知不可乎骤得，托遗响于悲风！"

客人说："'月明星稀，乌鹊南飞'，这不是曹孟德的诗句吗？(这里)往西边可以看到夏口，往东边可以看到武昌，山水缭绕，林木茂密苍翠，这不正是曹孟德被周瑜围困的地方吗？当他攻破荆州，占领江陵，顺着江流东进的时候，战船相连长达千里，军旗多得可以遮蔽整个天空，面对着长江饮酒，横握着矛槊吟诗作赋，真是一代英雄豪杰啊，可是如今他在哪里呢？更何况

我和你这般平凡，在江边捕鱼砍柴，和鱼虾为伴，与麋鹿为友；乘着一艘小船，举起杯盏互相劝饮。我们如同寄居在天地间的蜉蝣一般短暂，就像大海中的一粒米那样渺小。哀叹我们的生命如此匆促，羡慕长江的流水滔滔不绝。真想随着凌空飞翔的仙人到处漫游，怀抱着皎洁的月亮直到永远；我知道这无法轻易达到，因此在这悲凉的秋风中，把内心的感伤借着箫声抒发出来。"

苏子曰："客亦知夫水与月乎？逝者如斯，而未尝往也；盈虚者如彼，而卒莫消长也。盖将自其变者而观之，则天地曾不能以一瞬；自其不变者而观之，则物与我皆无尽也。而又何羡乎？且夫天地之间，物各有主，苟非吾之所有，虽一毫而莫取。惟江上之清风，与山间之明月，耳得之而为声，目遇之而成色。取之无禁，用之不竭。是造物者之无尽藏也，而吾与子之所共适。"

苏轼说："你也知道江水和月亮吗？消逝的生命就像这江水，看似流转不停，却不曾离开啊；事物的得失就像月亮，虽有圆缺变化，却始终没有增减。而从变化的角度来看，天地万物是时时刻刻都在变的；从不变的角度来看，那么万物和我的有限生命都是没有尽头的啊。那又有什么好羡慕仙人的呢？而且在天地间，万物各有所属。假如不是我该拥有的东西，就算是一丝一毫也不能求取；只有江面上的清风，以及山中的明月，只要侧耳倾听就能听到它的声音，放眼欣赏就能看到它的美景。不会有人来禁止，永远也享用不完。这是创造万物的主宰所赐予的无穷宝藏，你我尽可以一起享用。"

客喜而笑，洗盏更酌。肴核既尽，杯盘狼藉。相与枕藉乎舟中，不知东方之既白。

同伴听后高兴地笑了，洗净酒杯，继续喝酒。直到菜肴和果品都吃光了，酒杯、盘子一片散乱，大家才互相枕靠着躺卧在船

113

上，不知不觉天边天色已经亮了。

后人的赤壁怀古诗

　　中国的文人是喜欢感时伤怀的，赤壁恰好提供了这样的一个场所。大概是古代的少年英雄们在这里建立了不朽伟业，常会让诗人联想自身，感慨不已，于是历史上便出现了许多赤壁怀古诗。

赤　壁

杜牧

折戟沉沙铁未销，

自将磨洗认前朝。

东风不与周郎便，

铜雀春深锁二乔。

赤　壁

袁枚

一面东风百万军，

当年此处定三分。

汉家火德终烧贼，

池上蛟龙觅得云。

江北白浪秋㴞㴞

江南乱烟秋纷纷。

我来不共吹箫客，

白蘋窀娘娘夜闻

念奴娇·赤壁怀古

苏轼

大江东去，浪淘尽，千古风流人物。

故垒西边，人道是，三国周郎赤壁。

乱石穿空，惊涛拍岸，卷起千堆雪。

江山如画，一时多少豪杰。

遥想公瑾当年，小乔初嫁了，雄姿英发。

羽扇纶巾，谈笑间，樯橹灰飞烟灭。

故国神游，多情应笑我，早生华发。

人生如梦，一尊还酹江月。

你还能找到更多关于赤壁的诗词吗？

假如你是周瑜

1 当曹军大兵压境，内部是战是和激烈争论时，你会如何选择？

2 当要以三万军队对抗曹操八十万大军，江东安危系于一身时，你会如何抉择？

3 大敌当前，但老将程普却居功自傲，处处刁难时，你会采取怎样的处理方式？

4 当老同学蒋干前来劝降时，你会采取怎样的态度？

5 作为三军统帅，你觉得应该具备哪些素质？